［新版］

たった一つの命だから

ワンライフプロジェクト 編

「たった一つの命だから」

　これは、病気で利き腕を失った14歳の少女、西尾誉佳さんが、残された左手で年賀状に筆書きした言葉です。

　この年賀状をきっかけに、「たった一つの命だから」という言葉につなげるメッセージを募集する活動「ワンライフプロジェクト」が生まれました。2006年5月、福岡県筑後地方で主婦と高校生が中心となって始めた手作りの活動です。

　メッセージの呼びかけは、ラジオ放送や各地の小中高校での朗読会、SNSなどを通じて全国に波及していきました。誉佳さんは自らの言葉の広がりに驚きながらも心から喜び、活動メンバーと交流を重ねましたが、残念ながら闘病の末に2007年8月、16歳と4か月の生涯を閉じました。

　その後もメッセージは増えつづけ、その数は2万通を超えています。集まったメッセージは本になって、これまでに4巻まで出版されました。このたび『新版 たった一つの命だから』として、最近までのメッセージを編むとともに、誉佳さんとの出会いとプロジェクトの道のり、そして誉佳さんとのお別れまでのことなどを巻末でお伝えすることにしました。どうぞ併せてお読みください。

一般社団法人ワンライフプロジェクト

目次

「たった一つの命だから」のあとに、 あなたはどんな言葉をつなげますか？

ワンライフプロジェクトの物語

＊この呼びかけは「たったひとつの命だから」として始まりましたが、元になった誉佳さんの文字に基づいて2021年より「たった一つの命だから」と改めました。皆さまからのメッセージでは書かれたままの表記で掲載しています。

「たった一つの命だから」のあとに、
　あなたはどんな言葉をつなげますか？

パパが空へ行って1年

　去年の9月、ガンと闘った主人が遠い世界へ旅立ちました。

　あれから1年。1年もたつというのにこの1年間を思い出すことができません。

　それほど、私は空っぽの生活を送ってきました。

　先日、3歳の娘・ランが手を切りました。持っていたのはピーラー。咄嗟にひとつ年上のミユを叱りました。「なんで勝手に台所で遊ぶの！ ランに怪我までさせて！」と大きな声で怒鳴りました。

　ミユはうつむいてピーラーを握り締めて静かに泣いて謝りました。

　ふと、娘の横に置いてあるボールに目をやると、ピーラーで皮をむいたじゃがいもが3個入っていました。そのじゃがいもはデコボコでした。

　遊んでいたのではなく、料理をしてくれていたのだと気付きました。

　「お姉ちゃん、料理をしてくれようとしたの？」と尋ねると、怪我をしたランが答えました。

　「あのね、ママが喜ぶように、カレーを作ろうってお姉ちゃ

んが言ったの」

　この言葉を聞いて、私は2人の娘を抱きしめて謝りながら泣きました。

　次の日、保育園の先生方にこの話をしました。
　保育園では月に2回、年長さんの料理教室があります。
　先週はカレーを作ったそうですが、その時娘は先生に話したそうです。
　「パパがお空へ行ってから、ママはいつも怒ったり寂しそうにしている。ママが笑ってくれるように今度カレーを作ってあげるんだー」と。
　誰よりも熱心に野菜の皮を剥き、出来上がるまで鍋の傍を離れずとても真剣だったと…

　先生の話は続きます。
　「みゆちゃん、カレーが出来上がり みんなが食べ始めると、ひとり下を向いて涙をほろほろ流し始めたんです。
　『どうしたの？』と訊くと、
　『パパと食べたことを思い出した』と答えて、大泣きしたんですよ」

　私は1年間、ただ、ぼーっと生きてきました。
　でも、そんな私を幼い子供たちは一生懸命慰め、力づけよ

うとしてくれていました。

　天国のパパ、ミユとランとがんばるから。

　たったひとつの命だから
　生きる強さを娘たちに見せてあげられる母親になりたい

福岡県 ミユとランのママ

おばあちゃんの体操服入れ

たったひとつの命だから　やりたいことをやって生きてい
きたい

私には夢があります。それは、小さなお店をすることです。
店の中には、私が作ったクッションやポーチ、手提げ、ア
クセサリーを並べます。
外には大きなベンチを置いて、道ゆく人の休憩場にしても
らいたいです。

お店の看板には「学校に行きたくない子どもたち、入って
いいですよ」と、書きます。

私は、小学6年から学校へ行ってません。
友達から、仲間はずれにされている子を助けたら、その次
の日から私が仲間はずれにされました。

ある日、おばあちゃんが作ってくれた体操服入れが、カッ
ターでザクザク切られました。
私にとって、おばあちゃんの手作りの中で一番のお気に入
りでした。

ひどすぎる！

　おばあちゃんがそれを作ってくれたころは、もう、ほとんど目が見えない状態でした。

　時間をかけて作ってくれた物でした。

　おばあちゃんは、それから半年で亡くなりました。

　いつも、心をこめていろんな物を作り、それを人にあげて、喜んでいました。

　細かいところまで丁寧に仕上げるので、お店を出したらいいのにって、周りの人に言われていました。

　私の、その思い出の体操服入れは、心ない人たちにボロボロにされてしまいました。

　それから、学校へ行けなくなりました。

　どうしてこんなひどいことができるのか、たくさん考えました。

　その人たちには、心があるのかなって思いました。

　私は、おばあちゃんの部屋で、おばあちゃんの物をさわっているうちに、私も作ってみようと思いました。それから、針と糸とミシンが私の友達になりました。

　私は、もう 18 歳です。堂々と生きていく自分になるため

の時間を、過ごしてきました。

　学校へ行かなくなった私をいっぱい心配してくれたお父さんやお母さん、
　私は、人と違っているかもしれないけれど、しっかり生きていきますから、これからはもう心配しないでください。

　私は、必ず自分の夢を叶えます。
　たったひとつの命だから。

匿名

君の右足になるよ

　６年前　交通事故で私は右足を失いました

　自分の足で歩けなくなる日がくるなんて、想像したことも
なかったし、そういう災難が自分にふりかかるとも思ってい
なかった私にとって、天から地に突き落とされた事件でした

　どれだけ私が自暴自棄になったか、とても書き記すことは
できません
　周囲の人々にきつく当り散らす毎日でしたから

　子供がいない私たち夫婦

　私はもう生きていたくない
　生きたくない
　生きる必要もない

　何度も何度も主人にぶつけた言葉

　ある日、会社帰りに病院に寄ってくれた主人に
「離婚して欲しい」と訴えた

何も言わず黙って病室を出て行った主人を見て　私の心は大きく後悔した

　これでもう終わるな
　私たち　終わってしまうな

　私は大事なものをいっぱい失ってしまったな

　そう思った後で　主人からきた1行のメール
　「康子　君の右足になるよ」

　結婚して10年以上の月日を共に過ごしてきて、初めて思ったコト
　ああ　私たちはひとつなんだな…

　たったひとつの命だから　主人とひとつになれた
　私　最高に幸せです

匿名

失敗を恐れない

　私は父と祖母に育てられました。母は私が5歳の時に、妹を連れて家を出て行きました。

　私を抱きしめて「ゴメンね、ゴメンね」と泣いていたのをしっかり覚えています。

　朝起きると母と妹は違う所で暮らすことになったと父が静かに話してくれました。

　泣いちゃいけないと、我慢しました。

　何故か、父親の落胆した姿を見て、私が泣いてはいけないんだと思った記憶があります。

　両親のその時の事情は、成人してから祖母に聞きました。

　祖母も父も、母のことを悪く言うことはなかったので冷静に受け止めることができました。

　来月、私は嫁ぎます。家族がバラバラになることが怖くて、そういう家庭しか築けないのではないかという先入観に怯えて、結婚を避けてきた私でした。

しかし、挑戦します。
愛する人についていきます。

昨日、父に言いました。
ダメだったら戻ってくるからねって。

「ああ、人生は耐え忍ぶものじゃない、楽しむものだ。
どうしても無理だと思ったら戻ってこい」
そう言ってくれました。

父の言葉は、ここぞという時に私を安心させてくれます。

人生は一度きり、たったひとつの命だから。
でも、失敗を恐れず生きたい。
やり直しは何度でもできるのだから。

福岡県　20代女性

男だからロマンを追いかける

　僕には6歳年上の兄がいます。

　優秀な兄は、今年国立大学を卒業して、目指していた職業に就くことが決まっています。

　兄の通った道を僕も進めばいいのだと、物心ついた時にはすでに決め込んでいました。

　これからセンター試験を受けますが、僕は自分で自分の行きたい大学を決めました。

　それは、親が望む大学ではなかったし、兄と同じ路線でもない。

　でも、自分で自分らしく生きるために選びました。

　生きるってそういうことかなと気付くことができました。

　僕はあの朗読会で「生きる」とは、どういうことかなと本当に考えました。

　やっと分かったことがあります。

　自分で自分を好きでいることの大切さ。

　いろんな人に相手してもらうためには、付き合ってもらう

ためには、自分が自分を誇りに思わなければいけないと。

　ああ、生きる１度の人生ならば、楽しまなければもったいないじゃないか！

　給料がいい会社に入ること、聞こえのいい仕事をすること、そんなことと、自分が楽しんで生きられる道を比べてみた。

　僕は男だ、ロマンを追いかけるべきではないのか。

　幼い頃に描いた夢があった。
　すっかり忘れていた。
　チャレンジすることもなく、闇に葬るところだった。
　僕はまだ 18 歳。

　トライしてみます。

　それが、僕のたったひとつの命です。

匿名

何があっても俺は負けない

これからは、力を合わせて生きるぞ！

あの、黒い水に家族を飲み込まれて
残った父ちゃんが俺に言った。

母ちゃんの誕生日に、俺は学校で習ったチャーハンを作る
つもりだった。
妹はクッションを準備していた。
母ちゃんへのプレゼントだけが流されたのなら、俺はこん
なに怒りを感じて生きることはなかった。

あるテレビ局の取材の人に、どんな気持ちなのかときかれ
たけれど、気持ちなんか答えられっこなかった。
もう、気持ちなんか感じなくなった俺だったから。
そう、生きることより、気持ちを感じるようになるまでの
方が、俺には道が遠かった。

あの人もあの人もあの人も死んじゃった。
あれもあれもあれも流された

ここには家があった。
ここには神社が
ここには木が
ここには公園が
ここには… ここには…

全部覚えているんだ
それがあっという間に全然別の色・形になったんだ
笑えるわけないよ

それでも、俺は父ちゃんと力を合わせて歯を食いしばった。
男だから！

涙は流すものじゃなくて、止めるのに必死なものだった。

あれから３年

俺の中にある怒り
それは、母ちゃんと妹を助けてあげられなかったこと。

俺の中にある光
それは、いつか母ちゃんがいる世界へいった時に褒めてもらうこと。

俺の中にある誇り

　それは、たくさんの人の命の分まで生きることと負けないこと。

　何があっても俺は負けない、たったひとつの命だから

匿名

私の答え

2年ぶりにメールします。

2年前、高校で初めて聴いた朗読会。とても感動した内容がありました。

交通事故で恋人を失った女性のものです。あれを聴いたとき、胸が苦しくて、怖くて、かわいそうで息が詰まりました。その女性のことがずっと気になっていました。

その翌年、私は彼氏を失いました。

入院して手術を受ければ助かると聞いていたので、彼の病気について深く考えることもなく過ごしていました。

ところが、軽い病気ではないことを隠しきれなくなった彼のお母さんが、そんなに長く生きられないことを教えてくれました。

崖から突き落とされる、とはこのことを言うんだなと心から思いました。

泣いて泣いて泣きまくりました。彼は、それから半年で亡くなりました。

元気だった人がいなくなる、本当にそんなことがあるのだと知りました。

歩けなくなっていく、話すこともできなくなっていく、そんな彼を見るのがたまらなくて、お見舞いに行く回数が減ったころ、彼からメールがきました。

「今までありがとう」「俺の分まで幸せになれよ」

　彼が、生きることに対してケジメをつけたんだなと思うと、それがたまらなくて病院へ走りました。

　わあわあ泣きました。それから、彼が静かに息を引き取るその日まで毎日一緒にいました。

　まだ、心の整理がつけられません。恋愛をする勇気も持てません。

　できることなら　もう一度会いたい。泣き虫な私から卒業したい。

　笑っていたころの私に戻りたい。

　私の心は、とても忙しい。前向きになれたかと思うと、次の日はくよくよしています。

　彼が教えてくれたことがあります。

　それは、生きているって、可能性がいっぱいだということ。体があるから、なんでもやれるんだということ。命があるから、愛し合えるんだということ。

　ああ、これが「たったひとつの命だから」の答えなんだな

　私は　そんな風に思っています。

大好きな人の命が教えてくれたことです。

　こんな形で気づきたくはなかったけれど、今、私は感じています。

　たったひとつの命は、とても貴いということを。

　私は社会人になりました。いっぱいいろんな経験をして、しっかり生きたいと思います。

　階段を上るように。

大分県　二十歳女性

弟を死に追いやったもの

たったひとつの命だから　その儚さを初めて知りました。
たったひとりの弟が自ら命を絶ち、3年になります。

　男が40を過ぎた頃といえば、会社での責任が大きくなる頃です。

　上からは、コストを減らせ、能率上げろ！　これくらいやれるだろう！　それしか言われなく。

　しかし、部下には目一杯の努力をさせていることを知るだけに強くも言えず、1人で相当悩んでいたようです。

　家で過ごす時間はほんの少しでした。子どもたちと遊ぶ時間をとれない程で、休みの日はベッドの中。こんな親父じゃ、子どもたちも不満だろうな、そう言ってました。

　亡くなる2か月前の正月のことです。顔色が悪く、冴えない弟に、暫く休養するようにと話をしました。

　弟は、「自分がいないと、回らないんだよ」と、答えて力のない笑みを浮かべていました。

　母も心配をしていました。体を壊さないかと、そればかり口にしていました。

　それから、春を待たずして、弟は思い出深きその山で1人

で逝ってしまいました。

　最初の年は、弟の死をまだ認めることができず、何がおきたのかさえ分からない１年でした。
　義妹と甥を気遣うことで精一杯でした。
　しかし、時間がたつにつれ、弟を死なせた原因は何だったのか考えるようになりました。
　確かに職場で追い込まれていました。
　弟の最後の手紙にはそう書かれていました。
　でも、誰にも話すことができないなんて、そんな寂しい終わり方なんてない！
　心配かけたくない気持ちは分かります。
　でも、どうして？どうして？
　見るからに疲れていると感じながらも、どうにもできなかった己を責める毎日です。

　疲れて、笑顔を見せなくなった弟。
　その悲しい表情でお別れをしなければならなかったことに対して、やり場のない悲しみの中にいる私たち家族。

　もしも、あの会社を辞めていたら。もしも、実家の家業を弟が継いでいたら。もしも、大学に落ちていたら。もしも…もしも…

いろいろな思いが湧き上がっては、打ち消し　また湧き上がっては、打ち消し。

　姉として、やってあげることがあったのではないかと、戻らない命に対して呼びかける時間を過ごしています。

　どうにもならないことですが、私たち遺族には、与えられた課題と向き合う宿題を出されたように思えて仕方ありません。

　ストレスというものが弟を死に追いやったのか、日本のサラリーマン社会そのものなのか、あるいは、弟の弱い心だったのか。

　私は、弟のように悲しいお別れをする人をなくしたい。

　本当の意味でゆとりのある国になって欲しい。

　たったひとつの命だから　たったひとりのあなただから

　その命でなければ、紡げない愛があるということを忘れないで欲しい。

熊本県　匿名

最後の唐揚げ弁当

　私が、この言葉に繋ぐ想いを書こうと思ったのは、『たったひとつの命だから』の中の「おばあちゃんへ」「忘れられないお弁当」というお話を読んだからです。

　私は、高校1年の時に母を亡くしました。
　明るくて人付き合いが大好きな母は、いつも人を家に呼んで、生きることを楽しんでいる人でした。
　我流でパンを焼き、料理もアレンジして、そしてそれを人に振る舞って、自分が楽しんでいました。
　私が中学に上がったころ、ガンが見つかりました。
　その時も、自分はガンには負けないから大丈夫だよって私たちに話してくれました。
　そして、私たち家族も、母なら大丈夫だと信じていました。

　入退院を繰り返しました。
　5度目の退院の翌日から、私と姉のお弁当を作ってくれました。
　私は高校1年生、姉は3年生でした。
　無理しなくていいと言っても、作ってくれました。
　痩せ細った体、体力も落ちて何をするにも普段の3倍の時

間がかかってしまうのに。

　高熱が続き、明日は病院へ行こうと父に説得された晩、母が私に「明日は唐揚げ弁当にするからね」と言いました。
　「お母さん、冗談やめてよ。そんな体で作れる訳ないじゃん。おとなしく寝てて。お弁当は自分たちで作るから」
　そう言って部屋に戻り、姉と泣きました。
　お医者さんからは、今生きていることが奇跡だと言われていました。

　朝早く起きて弁当を作ろうとしたら、そこには揚げたての唐揚げが並んでいました。
　鶏肉を切る力もないはずなのに。
　母は、誇らしげに笑って「約束果たしたよ」と言いました。

　その日、病院へ戻り、1週間後に空へのぼって行きました。

　母が亡くなって5年になります。
　私たちの好物の唐揚げを最期に作ってくれた母。
　母の味を忘れることはありません。

　あの日、これが最期になると分かっていた母を奮い立たせたもの…

これが、母親の愛でした。

お母さんのような母親を目指します。
私のたったひとつの命は、母を尊敬し、母に並ぶことです。

　　　　　　　　福岡県　二十歳になったあなたの娘より

「最後の唐揚げ」を読んで

　前略「最後の唐揚げ」読みました。
　しばらく僕はうなだれました。正直、僕は羨ましくてたまりませんでした。

　小さい頃から、バカだグズだと言われたことしかない僕にとって、『お母さん』という人は遠い存在だからです。

　成績優秀な兄は、欲しい物はすぐ買ってもらえる、僕には何もない。
　どこに行くにも母は兄と手を繋ぐ、僕はその２人の後ろを歩く。

　僕が怪我をして帰ってきても気付いてもくれなかった。

　体が熱くても僕は学校へ行った。
　学校へ行けば、薬をくれる保健室の先生がいたからだ。

　『物を言わないイイ子』の僕は、いつしか家の中で、孤立していた。

滅多に帰ってこない父親は、家族のために仕事だけをやってくれていた。

　家族のために働いているんだと言われたら返す言葉はない。

　そう、生かせてもらっているのだから、感謝しろと言われているのだから、お父さんありがとうなのだ。

　そして、僕は1人で生きる力をつけなければならない。

　僕の好物は唐揚げだ。コンビニで時々、買って食べる。

　僕にも、決められたお小遣いがあるから、唐揚げを好きな時に食べることはできる。

　でも、それは、僕を思って作られた唐揚げではない。

　いつの日か、僕は、僕のために作られた唐揚げを食べてみたい。

　作ってくれた人にありがとうって言いたい。

　僕は、家族には恵まれなかった。でも、僕は僕なりに楽しみを見つけて生きたいと思う。

　たったひとつの命だから　小さな喜びを感じて生きていきたい。

　腐らず、投げやりにならず、そう、希望だけは持って　一

緒に生きてくれる人に必ず出会うと決めている。

　でっかいことをやってやる、なんてそんな大きなことは考えたこともない。

　しかし、俺は決めている。ハートで人を好きになり、ハートで生きていくと。

　いつもワンライフプロジェクトのブログ拝見しています。
　そのままの気持ちを書いていいと言われて
　上手に書こうなどと気負わず
　文章にしてみました。
　ありがとうございました。

匿名

額の傷

初めてメールします。

最初にワンライフプロジェクトのブログに出会った時から、いつか自分も書けるんだろうかと思っていましたが。

2年半たち、自分と向き合い、やっと書くことができました。

僕は、小さい時から親の暴力を普通と思って生きてきました。

テレビドラマは作り物。

現実の親は子供を殴り、ののしり、言葉は命令形、それが普通だと思っていました。

小学5年の時に、ぶたれて倒れた際に、テーブルの角で額を切りました。

おびただしい量の出血に、さすがの父親も慌てて僕を病院へ連れて行ってくれました。

7針縫いました。

その時に、父親から、どうして怪我をしたのか訊かれたら、転んだと答えろと命令されたのですが、僕は勇気を出しました。

病院の先生に、父親にぶたれたと答えました。

先生は、僕に裸になるように言いました。

全身のアザを見て、ある所に相談をしてくれました。

母親は、夜の仕事をしていたので、僕にこんなに多くのアザがあるとは思っていなかったようです。

　僕も、母親には何も言えませんでした。

　僕と父親の間に入って、母親が暴力を受けるのは避けたかったからです。

　病院と母親と児童相談所の先生、3人の話し合いが始まり、僕は、1人である施設で生活することになりました。

　翌年、両親が離婚をして、それから祖父母の家で暮らすことになり、今は平和な日々を送っています。

　僕は、父親の暴力に耐えながら、何で僕を産んだりしたんだ!!と、母親を恨みました。

　僕が生まれてきて喜んでいる人なんかいないじゃないか！これが、僕の心の声でした。

　僕はあの時、勇気を出して本当によかったと思っています。

　いい人たちに話したことで、今の自分があるからです。

　僕は、11歳でした。

　僕と同じ思いをしている子供たちが、たくさんいるのかもしれない。

　子供は、1人ではどうにもできないことを、もっとたくさんの人に知って欲しい。

　子供を愛せないのなら、子供なんか産むな。

　子供を愛せなくなったなら、手元に置いておかず、他の人に育ててくださいとお願いをして欲しい。

親だからという責任感だけで、一緒にいるのは間違っている。
親に育ててもらわない方が幸せなことだってあるのだから。

そして、僕は思う…
たったひとつの命は愛がなければ平和を壊してしまうと
たったひとつの命だから　心優しくありたいと

北海道　18歳

主役

　先日はステキな朗読会をありがとうございました。久々に感動で泣きました。

　書かれた人たち、ひとりひとりが主役でした。そのことを改めて感じました。

　それぞれの命は、その人に与えられ　その人の心で、その人が歩いていく。

　当たり前のことなのに、自分が主役で歩く人生なんだということを忘れていました。
　いえ、今まで1度もピンときていなかったのかもしれません。

　家では、決められた時間に起きて、学校行って、決められた時間に帰ってくる。
　毎日同じことの繰り返し。
　家族の顔ぶれ、友達の顔ぶれ、何も変わらない。

　学校では、友達とイザコザをおこさないように、鈍感のフリして、目立たないように過ごす。

目立ってしまうと、何を言われるか分からない。
友達関係で学校が楽しくなくなるのは、まっぴらごめん。

部活では、先輩のご機嫌とり。
先生にも笑顔で接する。三者面談で面倒くさいことを言われるのも時間の無駄だし。
あー、味気ない!!

おかしいことがいっぱいあった。
学校が楽しくてたまらない時に
チャリが盗まれ、先輩に無視され、友達からウザイと言われ
翌日から一転する。
こんな経験をして
学校に行くために「ホドホド」を身に付けた。

この 10 代だって 1 度きりなのに。

この朗読会で何を一番感じたかというと
「死ぬ前に楽しんでおけ」ということです。

私のたったひとつの命…

私は、私が主役でいいんだよ。

やりたいことをやっていいんだよ。

　先輩に無視されても、友達にウザイと思われても、先生に気に入られなくても

　そう、誰も私の人生に責任とってはくれないのだから。

　私、決めました。

　たったひとつの命だから

　私は、私が主役で生きていきます。

匿名

26 歳、心の動揺

人はよく「あなたは1人じゃないよ」と言いますが、私は
その言葉が大嫌いでした。
両親を早くになくした私には、家族と呼べる人がいません。
たぶん、本当の「家族の喧嘩」をしたこともないと思います。
私の心には何かが足りていないのだと思います。

人が勢いよく笑っても、私は笑えません。
人が顔を真っ赤にして文句を言ってても、何故そんなに怒
るのかわかりません。

1人で暮らす私を心配してくれる人がいますが、何故干渉
したがるのか、それも謎です。

私の生い立ち、そしてこれまでの人生を話すと、乗り越え
られるからこの境遇を選んできたのねと、人は言います。

私には、何かが足りていません。
何かが足りないまま生きていく人生を、私が自ら選んだと
しても、
やはり、私はあったかい家庭の中で誕生したかったです。

私が、今の私をわかって選んだとしても、私は、今の私を好きにはなれません。

　どこに　お父さん、お母さんを早くに失う人生を選ぶ人がいるでしょうか。

　考えてみてください。

　あなたは、お父さんと呼べる人を持っていますか？

　あなたには、ご飯を作ってくれるお母さんがいてくれますか？

　お父さんとお母さんがいたから、あなたが生まれたのでしょう？

　私も、この世に誕生した時はそうだったんです。

　父も母もいたんです。いたんです。

　ずっとその温もりの中で生きてきた人に、私の気持ちが伝わるとは思っていません。

　だから、わかり合えないのです。わかり合えない人もいるのです。

　わかり合えない人同士は、友達になれない、そんなことを思ったことはありません。

　わかり合えない人同士、相手のことに気遣いできれば、それでいいと私は思うのです。

　あなたは1人じゃないよ…と、言えるあなたは幸せな人です。

　その幸せを噛み締めて生きて欲しいと思います。

私は、まだ1人ぼっちのまま生きています。

　自分で仕事をして、全部1人で社会の中を泳げる私になりました。たくさんの人たちのおかげです。

　心の親、心の兄弟、心の友はいます。

　でも、私には家族はいません。私の望む家族は。

　先日、私は26歳になりました。笑えるようになれるかな

　友達とお洒落もしてみようかな

　そして、恋もできるかな

　このままの私で終わりたくはないな、そんなことを感じる今日この頃です。

　いつも読ませていただくワンライフプロジェクトのブログと私は対面しています。

　そして、心の動揺を感じています。

　これが、心の始まりなのかな…私も、しっかり生きてみようかな　たったひとつの命だから

匿名

ただいま故郷

　ただいま、私のおうち

　ただいま、私の故郷

　ただいま、私の心

　14年間お世話になった土地を離れて故郷へ帰ってきました。娘と息子を連れて。

　1人でお嫁にいき、3人に増えて帰ってきました。

　自分が育った景色なんて全然感動しなかったのに。

　ここには、広がる平野と川、小さな草花にデッカイ太陽がある。

　そして、「みっちゃん」と呼んでくれる人々がいてくれます。

　いろんなことがあって、そんなに頑張るなと周りが言ってくれるのにどんどん心の余裕はなくなっていきました。「助けて」の一言が言えずにいました。

　暗くなっていく私を見て、子供たちもぎくしゃくしていく。

　私が悪い、なんとかしなければ

　そう思う気持ちがますます自分を追い込んでいく。

　「あなたは、絶対に鬱病にはならないよ」と言われていた

私が、何をする気もおきなくなり

　とうとう心療内科へ。

　先生に少しずつ話を聞いてもらい

　自分をさらけ出すことで充実した時間を取り戻していきました。

　両親と姉に相談して、「離婚」という選択をしました。

　子供たちのことを思うとできません…など、一番卑怯なセリフでした。

　子供たちのせいではありません、私自身がもう夫婦として終わっていただけのことでした。

　それを認め、一歩踏み出すまでにもがいた1年でした。

　頑張るな！ということは

　何もしないのではなくて、心が苦しまないように、自分を自由にしてあげることだと知りました。

　教えてくれた子供たち、友達、先生、本当にありがとうございました。

　私は弱い人間です。1人では何もやれません。

　故郷に帰り、2人の子供たちと心楽しく過ごします。

　助けてくれる故郷があることに感謝です。

　14年間も私たちを養ってくれた彼にも感謝です。

優しい人になりたい…私は心からそう思います。
いがみ合う心、プライド、そんなものいらない。
人を大切に思える心、それだけでいいのです。

春がやってきますね。私の 40 代が始まります、大好きな
故郷で。

　ただいま、故郷　ただいま、私
　たったひとつの命だから　私の心のままに生きてみます

匿名

恋

気がつけば目で追っていた。
気がつけばその人の行動で私の心は一喜一憂してた

「おっ、おはよ」という彼のぶっきら棒な挨拶から始まる
私の朝
「あっ、おはよう」と答えるともうそこに彼はいない
次々に友達に声をかけていく

小さな頃は、喧嘩っぱやくて近寄れない男の子だったのに
気がつけば近くにいたいと願う私がいる

クラス替え…どうかどうか中学最後の１年
また同じクラスになりますようにと１人で祈ってた
神様に届いた私の願い　よかった、また同じクラスになれた

私のことなんか眼中にない彼は、今日もたくさんのクラス
メートに声をかけている

昨年、友達とのいざこざで１週間学校を休んだ
「なんで学校休んだんだ？」とメールがきた

心臓が止まるかと思った

私の一言から友達関係がぎくしゃくしたことを打ち明けた

「じゃ、他のやつと話せばいいだけじゃないか。誤解はいつかとけるさ。深く考えるな」と返信がきた

男の子はいいなぁ〜なんかサッパリしてる
そうだよね、深刻になると余計こじれる
やーめた！　1人で殻に入るなんて私らしくないし
こう切り返して、私の不登校は終わった

いつもかまってくれる訳じゃないのに
1人で落ち込んでいる時に言葉をくれる彼
私の何倍も大人だなと思う

今日も私の目は彼を追ってる
彼が笑うと私も嬉しい
目が合うと心臓の鼓動が10倍くらいになる

今の私の目標は同じ高校に進むこと
14歳の私のひとり言…

たったひとつの命だから届いてほしい　私の気持ち

匿名

49

恋におちた

初めて人を好きになりました。
友達が彼女の話をしても、なんともなかった僕が。

ベビーカーに小さな子供を乗せたお母さんが電車に乗ってきました。
すっと立ち上がり、そのお母さんに席を譲った女の子がいました。
なんの躊躇もなく行動に移せる女の子に目をやると、同じクラスの子でした。
休日、そして私服のその姿は、学校で見る女の子とは雰囲気が違っていました。
優しい子だな…と、僕は思いました。
しばらくして、ベビーカーに乗っていた小さな男の子が泣き始めました。
お母さんがあやしても、泣き止むことはなく、電車の中に大きな泣き声が響きました。
すると、クラスメートのその子が、持っていたストラップで男の子と遊び始めました。
泣き声が笑顔に変わりました。
次の駅でその親子は降りていきました。

僕は、何も話しかけられず、その次の日から彼女を目で追いかけることになりました。

　毎日、20分も早く家を出る。
　何故か、風呂掃除も苦にならない。
　勉強だってやってみようか。
　部活もレギュラーにならなきゃ。
　そうだ、いいとこ見せるぞ！
　こんな気持ちになったことがなかった…
　「お前も、普通の男だったんだな」と、友達に言われた。

　2年前、先輩の彼女さんが自殺した。
　先輩は今でも彼女を忘れていない。
　恋をしても、最終的には通じ合えない、なんとなく僕はそれが恋だと思ってた。

　しかし理屈じゃないんだな。頭で思うことではないんだな。
　心ってなんだろ。
　自分のものなのに、無条件でやってくる想い…
　やってきたんだ。僕にもついにやってきたんだ。
　毎日をこんなに楽しいものにしてくれるものだったんだ、誰かを好きになるって。
　成績、上げなきゃな。少しくらいおしゃれにならなきゃな。

やることが増えた。

「この頃、なんか不気味ね、優しくなって」と、母親に言われた。

そんなにお見通しなのか。

僕は今思う。

たったひとつの命だから楽しく生きたいと。

匿名

記憶の力

今から5年前のことです。

私の友人・菜々美の家族に大変なことがおきました。

菜々美夫婦が乗った車が、交通事故に遭いました。

2人とも重体の状態で病院に運ばれました。

痛々しい姿を見たとき、息ができませんでした。

たくさんの人が見守るなか、なんとか命は守られました。

　ご主人の方が回復が早く、3か月後には退院することができました。

　問題は、菜々美の方でした。

　なかなか目を覚まさず、身体中の包帯がとれても、呼吸だけはしていても、誰の呼び掛けにも反応してくれませんでした。

　ご主人が退院される日に、やっと目を開け、意識を取り戻しました。

その知らせを受けて、病院へ飛んで行きました。

よかった、よかった
神様ありがとう！
そう、言いながら病院へ向かいました。

病室に入って
「菜々美、よかったね」と言って手を握ると、握り返すことはなく、無表情のままじっと私を見つめます。

そして、軽く会釈をしました。

何かおかしい、と感じました。

菜々美は、記憶を失っていました。

目を開けるまでは、「目を開けて」って祈りました。目を開けてくれるだけでいいと。

目を開けてくれたら、それだけでまた一緒に生きていけると、疑いも持たず決め込んでいました。

一瞬にして私の心は暗闇へ落とされました。

違っていました。

私のことがワカラナイなんて。
一緒に学校に行ったよ。
一緒にテニスを頑張ったよ。
一緒に試合にも出たし、授業さぼったこともあるし。
大人になって旅行もしたよ。
何年も一緒に過ごしてきたよ。
あれだけ一緒にいたのに、なんで忘れちゃうの？
悲しくて、悔しくて、感情がおさえきれなくて、たくさん
泣きました。

神様お願い、菜々美を元に戻してくださいとたくさん祈り
ました。

彼女が、生きててくれただけでもありがたいことだと、気
持ちを切り替えました。

いつか、記憶は戻ってくれる
そう信じよう!!
今は、生きててくれたことに感謝しようと思い始めたころ、
菜々美のお母さんから電話をもらいました。

菜々美の、記憶がよみがえったという話でした。

　半信半疑で病室に入ると、私の名前を呼んでニッコリ微笑んでくれました。

　飛び上がるように嬉しかったです。
　2人で抱き合って泣きながら喜びました。

　何故、急に記憶が戻ったのか尋ねました。

　その前の晩
　ご主人が、記憶を失った菜々美をベッドの上で抱き締められたそうです。

　しばらくたつと、菜々美が
「怖かった、怖かった」と言いながら泣き始めたそうです。

　顔の表情が、元の菜々美になっていたので
　これで大丈夫だと思われたそうです。

　菜々美の記憶を取り戻してくれたのは、ご主人の腕の温もりでした。

結婚して７年、いろんなことがあったけど、いつも優しく包んでくれるご主人の腕だけは、記憶から消えなかったのでしょうね。

　魂は覚えていたんですね。
　一番、愛する人のことを。

　命は大切だし、生きてるって本当にありがたいことだと改めて思いました。

　そして、私も私の魂の居場所を大切にします、たったひとつの命だから

匿名

お彼岸の日に

お母さんから　あいへ

あなたが大人になって　ひとりの男性を愛し
嫁ぐ日に　お母さんのことを思い出して欲しい。

二十歳でお父さんに出会いました。
お母さんのことをたくさん愛してくれました。
病気になる前のお母さんとお父さんはたくさん旅をしました。
北海道と京都と長崎は　特に思い出がいっぱい。

　お母さんを綺麗に撮ってくれるお父さんの写真家としての
腕前はどうですか？
　二十歳から 10 年間のお母さんの笑顔がいっぱい詰まって
います。
　人は笑顔が一番美しいと感じます。

　大好きなお父さんの奥さんになれてとても幸せでした。
　あなたが生まれて
　こんな幸せが存在するなんて、どう神様にお礼を言ったら
いいのだろうかって

毎日手を合わせて天国のおじいちゃんとおばあちゃんに感謝しました。

　ごめんなさいね
　もう　お母さんにはそんなに時間は残されていません。
　まだ幼いあなたを置いて違う世界へいくことを
　どうやって準備していいのか　正直わかりません。

　細くなった自分の腕・胸・足　容赦なく増え続ける悪魔のようなガン
　どうしてこんな病気が存在するのだろうかと
　たくさん悲しみました。
　どれだけの人が同じような病気で命を落としたのだろうかと

　でも、今　思うのです。
　人はいつか死を迎えます。
　その時を、家族や友達や仲間に囲まれて迎えられることは
　決して不幸ではないと。

　あい
　お母さんはとても幸せです。
　だから　どうか悲しまないでくださいね。
　その時を。

お願いがあります。

お父さんをひとりぼっちにしないでね。

お母さんのところへ来てくれるその日まで、お父さんをお願いね。

たったひとつの命だから
静かに感謝の気持ちでその日を迎えたい

2013年9月23日　　　　　　　　　　　　　　　匿名

・・・

（この方からお手紙も添えられていました）

　　ワンライフプロジェクトさま

　ブログでたまたま見つけました。

　いくつかのメッセージに勇気をいただきました。

　私は末期がんで抗がん剤治療を受けてきましたが、もうこの治療を受けずに残りの時間を穏やかに家族の元で過ごすことにしました。

　保育園に通う娘が、健気に私の体をさすってくれています。

「ママ　元気になってね」と
　娘の前では泣かないと決めたものの、溢れ出す涙をこらえることはできません。

　もう少し生きたかった。
　もっと主人と一緒に生きたかったです。
　髪の毛がなくなった私の頭をなでながら
「お前の髪の毛がなくなることはどうもない　でも、お前がいなくなるのは耐えられない　頼むから生きてくれ」そう言って泣いてくれました。

　一度も喧嘩をしたことがありません。
　私のわがままを全部きいてくれた主人でした。
「いいよ　いいよ」と　全部笑ってこたえてくれました。

　私　何がいけなかったのでしょう。
　どうして　こんな幸せなときに私は時の期限を切られてしまったのでしょう。

　誰にもわからないことですね。
　少しだけ早く違う世界へいってしまいますが、幸せだったことを残しておきたくてメッセージを送らせていただきました。

素敵な活動ですね。これからもがんばってくださいね。

心の整理をつけさせてもらいました。感謝です。

春のお彼岸を前に

妻が今月3日に他界いたしました。

31歳11か月の若さでこの世を後にしました。

小学1年の娘は、母親の死をわかっているようです。

私と2人の生活は、妻が寝たきりの頃の延長線のようでもあり、全く別のようでもあり。

亡くなる数日前まで、娘宛に何通も手紙を書いていました。書きながら心を平常に保っているようでした。

いつかこの日がくると分かっていましたが、昏睡状態の妻に、「いくな!! いくな!! まだ早いだろ!!」それしか言えませんでした。

息を引き取った妻に対してありがとうなんて出てきやしませんでした。

「戻ってきてくれ!!」私はそう叫びました。

涙を堪えるなどできませんでした。

1日おきに妻の髪をシャンプーしました。とても気持ちよさそうにしていました。

一時は全部抜け落ちました。どうにかショートカットくらいに伸びましたが。

　ほほえみたくない日もあっただろうに、私と娘にはいつも笑顔を向けてくれました。

　妻は幼い時に車のドアで指をはさみ、左手の小指がありませんでした。
　その切断した先を娘に見せて
　『ここに、お母さんの神様がいるのよ。神様は見えないでしょう。ママの小指も見えないでしょう。あい、ママにも小指はあるの。いい？　見えなくなってもあるんだよ』
　そう話していました。
　自分の姿が見えなくなっても、ママはいるからね
　そう伝えていたんだと思います。

　妻は、私にも手紙を残していました。
　自分が死んだら、私のことは忘れて、かわいい奥さんをもらってくださいと。
　僕にとって妻以上の女はいません。
　違う誰かを愛する日がくるなど到底思えません。
　今、妻の息がまだ聞こえてきそうなこの家で、妻を感じて毎日を送っています。

僕が魂の世界へいった時に、そこでまた会える。
たったひとつの命だから　君と合わせてひとつの命だから
ほんの少し待っていてください。

2015 年 3 月 13 日　　　　　　　　　　　　　　匿名

もう迷いません

私はいらない子。

私は、何のために生まれて来たのか分からない。

友達はよく親とお出掛けをする。家族で旅行にも行く。

私にはそんな思い出はひとつもない。

母は言う。「どこにもついて来ない子」だと。

私は思う。「私に、どこに行きたいか」それを何故訊かないのかと。

母は言う。「あなたは楽しみすら持てない子」だと。

私は思う。「やりたいと言って、やらせてくれたことがひとつでもあったのか」と。

私は、友達と同じ中学校へ行きたかった。
小学4年だった私は、分からなかった。

受験というものが何を意味するのか。
友達と離れてしまうということも、
落ちこぼれになってしまうということも。

少し有名な学校の制服を着た私を連れて歩くこと
　これがやりたかった母。私ではなく、その学校の制服が自
慢だった母。

　中学校に入った私は、みんなについて行くだけで精一杯。
そこに、自由はなかった。惨めな私。

　学校で勉強して　塾で勉強して　家でも勉強して　そう
やって過ごした６年間。

　友達もいない。世の中のことも分からない。

　私は人間。人間ってこうやって、生きていくものなの？

　私は、病気。病名は『不用物』

　こんな自分にサヨナラできるなんて考えたこともなかった。

　私は、今年の３月、大学受験に失敗した。

有名な大学に入らなければ母に捨てられると思っての大学
受験に。
　予備校に入って3か月が過ぎた。

　突然、母が入院した。
　母のいきすぎる行動を見かねた父が精神科に連れて行った。
　世の中には、そんな病気があるのかと驚くような病名がつ
けられた。
　私も予備軍だ。
　7月6日、19歳になった。
　お休みしよう。もう、私を束縛するものは何もない。

　父にきいた。私、大学行かなくても生きていけるの？

　父は答えた。
　当たり前さ。楽しく笑って生きていけばいいんだぞ。

　変わらなきゃ私。今変わらなきゃ。
　母のせいにして、自分の心をいじめてきたのは、自分自身だ。
　母は一生懸命だっただけだ。

　私も怖かっただけだ。

私、ピアノを習う。保育士の免許をとる。なりたい職業は
保育士さん、と、答えていた小さい頃の私の夢にチャレンジ
してみる。

　これからは、自分の心で決めていく。

　お母さん、あなたの自慢の娘ではなくなります。
　いい大学に通う娘にはなりません。
　でも、自分の力で生きていける娘になりますから。

　たったひとつの命だから私はもう迷いません。自分の道は、
自分で決めて進みます。

　さらに思います。19年の私の人生にありがとう。
　谷底を味わった19年にありがとう。
　父と母にありがとう。
　この命にありがとう。

19歳のわたし

目の前の相手と戦う

　僕は、小学6年生です。

　入院していて、その病院で『たったひとつの命だから』の本を読みました。

　僕と同じように、病気と戦っている人の文章がいくつもあって、僕は心から共感しました。

　僕の病気は、白血病という血液の病気です。

　病気が分かった時から、お母さんがあんまり笑わなくなりました。

　お父さんも言葉に力が感じられません。

　最初は、すぐ退院できると聞いていました。

　クラスのみんなにも、すぐ戻ってくると言っていました。

　退院が何度も延び、治療しても治療しても僕は元気にはなりませんでした。

　反対に、だんだん起き上がることが苦しくなってきました。

　薬を体に入れても、飲んでも、僕の体が治らないのはどうしてだろう？

悪い病気なんだ！と、思い始めました。
　先生に思い切ってきいてみました。僕の病気は、何という名前なのか。戦うのは僕だから。

　僕は、小さいころから柔道をやっています。
　僕が戦う相手は目の前にいる対戦相手だけです。
　監督が
「いいか、余計なことは考えるな、目の前の相手と戦うことだけ考えろ！　そうでなきゃ勝てんぞ！」
と、いつも言ってくれました。
　病気も同じだと思いました。

　先生は、お父さんたちと相談して、白血病だと教えてくれました。
　治すまでに時間がかかるし、治す方法を見つけながら薬を選んでいるんだと聞きました。
　治らないかもしれない病気なんだと分かりました。

　僕は、小学６年生で良かったなと思います。
　なぜなら、先生の話を聞いても、あんまり理解できないからです。

　目の前の相手が、白血病という名前だと分かっただけでい

い、僕はそう思います。

　これから、僕はこの相手と戦っていきます。

　監督に教えてもらったことを守ります。余計なことは考え
ません。

　注射を打たれても、薬を入れられても、僕は戦います。

　僕を産んでくれたお母さんが泣かないために。

　家に帰って、友達といっぱい遊んで、もっと柔道強くなっ
て、大会に出たいから。

　そして、たったひとつの命だから

　戦える体があるから。

匿名

....

（お母様からの言葉が添えられていました）

　昨日、息子の病院へ行くと

　これを、ワンライフプロジェクトさんに送って欲しい

　と、言われました。

　iPadで打った息子の文章がありました。

おっとりとした性格で、人に自分の意見が言えない子だと思ったので、6歳から柔道を習わせました。

　だんだん活発な子になり、親として、息子の成長を喜んでいたある日、突然倒れ、そのまま入院。
　そして、今は抗がん剤治療を受けているところです。

　この文章を読んだ時、自分に言い聞かせ、こうやって発奮する方法を息子は身につけていたんだと知りました。

　目の前の相手と戦うこと
　本人にしかできないこと
　私はそれを見守るしかできないこと

　複雑な思いがあります。

　でも、親の私も同じです。
　私も戦います！　目の前の相手と。
　息子と一緒に。

　心に希望が湧きました。
　ありがとうございます。

私の名前

　私の名前は『光』です。

　私の母は、生まれてすぐ目の病気になりました。

　そして、ほとんど見ることができなくなりました。

　私が生まれた時

　「この子の目は大丈夫ですか？」と、真っ先にお医者さんに、きいたそうです。

　「大丈夫ですよ」と、答えが返ってきて泣いて喜んだそうです。

　そして、私の名前は、光を感じることができる『光』になりました。

　母が私によく話すことがあります。

　「赤ちゃんにはね、選べないものが2つあるのよ。ひとつは、誕生日。あとひとつは、名前。

　誕生日はね、この日に生まれたらすくすく育つんだよって、神様が決められるの。

　あとひとつの名前、これは、お母さんたちが赤ちゃんを見て、一生懸命考えるの。

　赤ちゃんが、みんなに愛されることを願ってつけるのよ。

名前がつくと、赤ちゃんに、自分で生きるチカラが流れ始めるの。
　生まれてすぐ、誕生日と名前をもらってそして、赤ちゃんは、人として歩き始めるの」

「お母さんは、光が、世の中のものを、全部自分の目で見て、光を感じて生きてくれるだけで感謝してるのよ」

「光が、あなたを守ってくれるようにつけたのよ」

　そんな話をよく聞かせてくれます。

　私は、『光』という名前が大好きです。

　1日、何回、名前を呼ばれているのかなって考えて、数えたことがあります。
　親・先生・友達・近所のおじさんたち、みんなが私を『ひかり』と、呼んでくれます。
　その日は、1日120回も呼ばれました。
　120回も、生きていることを感じることができました。

　友達になる時は、一番に名前を教え合います。光と呼ばれるから返事をします。

私は、私の名前を大切にして生きます。

　名前を大切にすることと、命を大切にすることは、同じことだと思います。

　誕生日と名前は、神様と親からのプレゼント。

　私の、たったひとつの命は、この２つのプレゼントから始まりました。

　私は、お母さんが見ることができなかったものを、全部この目で見て、光のある世界で生きます、

　たったひとつの命だから。

福岡県　小学６年生　光

再び生きる

　昨日、ワンライフプロジェクトのブログに出会った者です。

　私の「たったひとつの命だから」に繋ぐ言葉は「再び生きる」です。

　私は、生まれた時、すぐ心臓の病気が見つかり、手術を受けました。
　手術は成功したものの、10歳くらいまでしか生きられないだろうと医者に告げられたそうです。
　激しい運動はできないものの、私は、病気をすることもなく、無事、中学生になりました。

　時々検査を受ける程度で、私は、なんら変わりなく中学校生活を楽しんでいました。

　しかし、2年生の夏休みに突然倒れてしまいました。
　手術を受けるしかないと言われました。
　成功する確率は10%程度だと言われ、親も私も考えました。
　治る可能性があるなら受けたい。
　それに、私は負けない。

手術を受けさせて欲しいと言いました。

　親と姉は、泣いていました。

　成功する確率がたったの10％と言われて不安が大きかったのはよく分かります。

　でも、生きるのなら、もっと自由に、もっと思いっきり生きたい。

　私のワガママだと分かっていましたが、私の気持ちはブレませんでした。

　手術の前日、父と母に「育ててくれてありがとう」と伝えました。

　万が一、会えなくなったら言っておかないと後悔すると思ったからです。

　手術は失敗し、心臓は停止し、心拍停止の「ピーッ」という音が鳴り響いたそうです。

　それから、先生たちが必死で心臓マッサージを繰り返し、私は生還しました。

　そう、私の心臓は再び息を吹き返してくれたのです。

　眠りから覚め、目を開けると、母が手を握り「お母さんがわかる？」「わかるよね？」「返事して」

　みたいなことを何度も言います。

ああ、そうだ、ここは病院だ。

ああ、手術を受けたんだった。

ああ、生きてるんだ…

やっと、母の言葉の意味がわかりました。

「お母さん、わかるよ」と答えると、よかった、よかったと言いながら泣き始めました。

　一度は心臓が止まったこと、そして、先生たちの頑張りで復活したことを聞きました。

　私は、2度目の人生を生きることが許されたのだと思います。

たったひとつの命だから、みんな諦めたらダメだよ。

私はしぶとく生きる！　生きてやる!!

北海道　高校3年女子

もう、おうちにいなくていいよ

わたしのお母さんが、入院をしました。
退院してきてから毎日家にいます。

　入院する前は、学校から帰っても、だれもおうちにいなくて、さみしいなと思っていました。
　でも、今は毎日いてくれます。シフォンケーキやクッキーを焼いてまっていてくれます。
　たくさん、お母さんと、話すこともできます。

　学校が、早く終わらないかな、早くおうちに帰りたいなと思っていました。

　でも、今は少しちがいます。
　お母さんがおうちにいるのは、病気だからです。

　お母さん
　病気になる前は、なんでおうちにいてくれないのーって、おこってばかりでごめんなさい。
　お母さんが、元気でいてくれるのが一番いいです。
　半年、いっしょにいてくれたから、もういいよ。

神さま、私が、お母さんに文句言ったから、お母さんは病気になったのですか？

　神さま、お母さんの体を元にもどしてください。

　もう、文句言いません。お手伝いもします。

　だから、お薬を飲まなくていい体にもどしてください。

　学校で「たったひとつの命だから」のつづきの話を聞いて、お母さんが病気と戦っている気持ちを初めて知りました。

　お母さんが、がんばっていることがわかりました。

　私もがんばります。

　家族も友達も、そして、みんなの命を大切にします。

　だから、全部の病気の人も早くよくなってほしいです。

　だから、みんなに心から笑っていてほしいです。

　だから、だから、だから　いつも、やさしい気持ちでいたいです。

　たったひとつの命だから

福岡県大木町　小学5年生

60歳の入籍

　先月、60歳の誕生日をたくさんの身内に囲まれて迎えることができました。

　私は、母と二人三脚の人生を送ってきました。

　母は、私のために全力で働いてくれました。

　母は、私に、生きていく力があればそれで十分だといつも話していました。

　私は、大手企業に就職して、結婚して3人の子を授かりました。

　考えられないような幸せに包まれた日々でした。

　しかし、一番下の子が3歳、私が33歳の時、母が旅立ちました。

　それから2年後、35歳の時に夫がクモ膜下出血で倒れ還らぬ人になりました。

　大切な人を立て続けに失った私には、悲しんでいるヒマはありませんでした。

　男性並みに仕事をこなし、遠方への出張で家をあける日もありました。

　子供たちを預ける人もいなかったので、私と子供たちの4

人で、何とか生きていこう、と話をして、まだ、小学生だった息子たちと、主人が遺してくれた家を守ってきました。

　いつのまにか、私は女であることを忘れていました。

　55歳を過ぎた頃に、子供たちがみんな巣立ち、私はマイホームで1人暮らしが始まりました。

　それは、とても気楽なものでした。

　何時に帰ろうが、何を食べようが、休日に何をしようが、報告することもなく、思い通りにやれるのです。

　私は、自由を手に入れたんだ！

　と思いました。

　しばらくは、のびのびとした私だったと思います。

　母が言っていた「自分で生きていく力を身につけた女」に、なれている自分だと自分で満足もしていました。

　ところが、ある日、家の階段を踏み外して骨折してしまいました。

　大腿骨にボルトを入れる手術を受けました。

　長男に、入院手続きをやってもらいました。

　家族の存在の有難さを感じました。

　退院すると、今度は肺炎で入院。

退院すると、次は軽い心筋梗塞が見つかり手術。

　お母さん、無理しているんじゃないの？
　お母さん、仕事辞めて家でゆっくりして。
　お母さん、一緒に暮らそうよ。
　お母さん、一緒に住むのがいやなら生活費は僕たちが何とかするから。

　などなど、本当に有難い言葉をかけてくれました。

　１人暮らしは自由だと感じていましたが、とても不自由なものだと思い直していたある日。
　長年一緒に仕事をしてきた同僚から、プロポーズされました。

　主人が亡くなって、自分の格好や体型を気にすることもなく、未亡人のまま終わると思っていた私に、何かの神様が降臨されたとしか思えない出来事でした。
　交際もしていないのに、突然のプロポーズです。
　慌てました。

　何年も何年も忘れていた胸の高鳴りと、恥ずかしさと、私を女として見てくれていた感謝とで、パニックになりました。

84

年齢も年齢だし、この先のことは時間をかけて考えたいと話をしました。

　主人とは、ほとんど旅行をしたことがなかったのですが、彼は、休みの度に、遠出していろんな所へ連れて行ってくれます。

　10代、20代の頃の青春が再びやってきました。
　息子たちにも、彼を紹介しました。
　母さんの好きにしたらいい、僕たちは応援するからと言ってくれました。

　お互いに、最初の結婚相手を失って
　心寄り添える存在でいれたら
　私にはそれで十分です。

　そうやって迎えた60歳の誕生日でした。

　私の家族・彼の家族
　両方集まってくれて
　総勢15人。
　こんなにたくさんの人にお祝いをしてもらえるなんて、本当に私は幸せ者だと思いました。

そして、長男が、話し始めました。

今まで、僕たちを育ててくれてありがとう。
これからは、僕たちのお母さんとしてではなく、
○○さんの奥さんとして生きてください。

がむしゃらに働いてきたお母さんの幸せを、天国の父さん
も願っているから、と。

きちんと入籍をして、
　一緒に暮らしてもらった方が僕たちも安心だし、僕たちに
父さんができるのは大きな喜びだから、と。

　60歳を過ぎて、また嫁ぐ日が来るなんて、思ってもみま
せんでした。

　人生に手遅れはないですね。
　私は、そう思います。

　たったひとつの命です。
　諦めることが一番やっちゃいけないことなんでしょうね。

私は、還暦を迎え、干支の２巡目をスタートさせました。
その年に、２度目の結婚です。

気恥ずかしさで、周りに話すことができずにいますが、勇気をいただきたく、こちらにメッセージを送らせてもらいました。

人生に手遅れはないですね、
これが、私のたったひとつの命に繋ぐ言葉です。

匿名

父の涙

父が母の仏壇に向かってこんなことを言っていました。
「母さん、長い間お世話になりました」「56年共に生きてくれてありがとう」
「苦労ばかりかけてすまなかった」「いい人生をありがとう」

母を送り出して丸3年になります。
父の横で、突然、永い眠りについた母でした。

昨日、父と姉と私の三人で　母のことを語り合いました。
母の思い出話は尽きることはありません。
父が笑って、笑って、笑って、そして、涙した…
「思い出すと涙が出る」と言いながら。

母がいなくなって　一人で踏ん張って、毎日、母の夢を見て生きている父。
お母さんが、笑顔で生きれたのは、間違いなくお父さんが一緒にいたからだよ。
あっちに逝ってもこんなに父に愛されて母は幸せ者だなと思います。

お父さん、もう少し私たちと生きてください。

　お母さんの側に行きたくなる日もあると思うけど。

　思うけれど、50 を過ぎた娘、息子からのお願いです。

　年をとって生きるということは、どういうことなのか私たちにもう少し教えてください。

　来年、90 歳を元気に迎えてください。

　90 歳の生き様を私たちに見せてください。

　お父さんの涙はこたえます。お父さんの涙を見るなんて思ってもみなかったから。

　お父さんの涙で教わったことは、夫婦の愛そのものでした。

　父さんと母さんの「たったひとつの命」が私たちを生んでくれたことに心から感謝です。

　お父さん、ありがとう

　たったひとつの命だから　私は母のように笑顔でこの命を全うします。

匿名

支えられて

　私は現在、通信制の高校に勤務しています。

　生徒たちは様々な背景や状況から、全日制でも定時制でもない通信制を選択して学んでいます。

　ほとんどの生徒は週1回日曜日に登校して授業を受けて、あとの6日間は仕事をしながらレポートを作成して学校に郵送します。
　生徒たちはとても真面目に取り組んで、単位修得・卒業を目指します。私はそんな彼らの手助けをしたいと思っています。

　そういう私は、30歳の時にスキーで激しく転倒し、病院に運び込まれました。
　一命はとりとめたものの、脛髄損傷と診断され、腕も足もすべてが全く動かない身体となってしまいました。
　頭を固定され、病室の天井を眺めるだけの1日が2か月間続きました。
　この時、自由に動く身体を失い、絶望のどん底で、希望の持てない"失望"を手に入れていました。

しかし、少しずつ指先から動くようになり、8か月後には
リハビリテーションセンターへ移り、機能回復訓練に励むよ
うになりました。
　「一命をとりとめたのには、何か理由があるはずだ」
　「きっと、こんな身体でもできることはある」などなど…

　後遺障害として首から下に麻痺が残るものの、通信教育で
大学を卒業し直して、高校の社会科の教諭として（以前は保
健体育）教壇に立てるようになりました。

　教壇に復帰して25年が経過する中で、30代40代と比べ
ると体力は低下して、以前できていたことが難しくなりました。

　そんな私に対して、細かく気配りをしてくれる学年主任の
F先生、印刷に手間取っていると手伝ってくれるM先生、レ
ポートがボックスに山のようになると持ってきてくれるT先
生とW先生、添削し終わったレポートを運んでくれるD先生、
そして職員室でつまずいて転んでしまった時はすぐに床を修
繕してくれた事務長、教頭先生、校長先生、また毎週登校す
ると職員室に私を訪ね、いろいろと気配りをしてくれる3年
B組のK君など多くの先生方や生徒、そしていつも心配をか
けている家族に支えられて今の私があると思っています。

できないことを数え上げたらきりがありませんが、こんな
私にもできることはあります。
　生徒が興味のわくような授業をして、答えを導き出しやす
いレポートを作成し、悩みがあったり、挫折感・絶望感を感
じている生徒に寄り添うことはできると思っています。

　「たったひとつの命だから」
　「何かできることがあるはず」

　上手く表現はできませんが、
　きっとあるはずだと、思い続けていこうと思います。

長野市　石坂茂　58歳

娘へ

娘へ

あなたと会えなくなって 10 年が経ちました。あっという間の 10 年でした。

いや、目をつむっていた 10 年間はやはり長かったかもしれません。

最愛の娘を失うということは、生き甲斐を失うことでした。

みんな無くなりました。この世界が灰色になりました。

あんなに好きだった海も、桜も、キャンプも、なんの魅力も感じられなくなりました。

あなたと同じ年頃の娘さんを見るとあなたが帰ってきたのではないかと、あなたの顔と重ねて目で追ってしまいます。

でも、あなたではありませんでした。

そうですね、あなたは遠い世界へ逝ってしまったのですから。

空の上から

「お父さん、いい加減に先に進みなよ」と、笑われているかもしれないですね。

今年も、あなたが空へ旅立った季節がやってきます。

寒い寒い朝でしたね。

何年も病気と戦って、最期は笑って「お父さん、お母さん、ごめんね」と言い残して。

お父さんの方がゴメンなんだよ。

大事な娘を死なせてしまって、今でも、ゴメンなんだよ。

無性にあなたに会いたくなるんだよ。

「お父さん」って呼ばれたくなるんだよ。

諦めきれないんだよ、あなたのこと。

親なんだから、こんな風にあなたのことを想っている父さんを許してくれよ。

明日は、あなたの命日。11年目の冬が始まる。

タバコはやめたぞ。狸みたいな体型になってしまったよ。

相変わらず、母さんとは仲良しだから心配はするな。

いつかあなたの傍にいく。

その時に、「よく頑張ったね」と、褒めてもらいたいから、弱音は吐かないと決めている。

あなたのいない年を、また1年穏やかに過ごすから、応援
していてくれな。

　父さんと母さんが、一番大切に思っているたったひとつの
命は
　間違いなく今も、あすか、君だから。

　たったひとつの命だから　大事な娘を想って今日という日
を生きます。

愛知県　50代男性

じいちゃんのマユゲ

今日の朗読会を聞いて、じいちゃんのことを思い出した。

じいちゃんは、朝起きると外でラジオ体操をする。
茶碗一杯のご飯とみそ汁と納豆は、必ず食べる。
それから、新聞を読む。
読み終えると、ばあちゃんと洗濯物を干す。
洗濯物を干すと、自転車ででかける。
じいちゃんは、警察官だったので、見回りが大好きだ。
自転車のかごには、ゴミ袋を入れていた。
毎日袋いっぱいのゴミを拾ってくる。
いったん出かけたら、いつ帰ってくるかわからない。
近所の人と話すのも好きだからだ。

じいちゃんは、お酒を飲むと、昔の話をする。
学校から帰ると田んぼ仕事を手伝っていたそうだ。
家に、馬や牛もいて、その世話もしていたって。
馬にけられたこともあって、ものすごく痛かったらしい。
家に馬や牛だけじゃなく、鶏とうさぎとカメもいた。
じいちゃんが育った家は、人より動物の方が多かったって。
近所の家もみんなそうだったよって、笑って話す。

自動車もなかったし、道路はでこぼこ道で、自転車やテーラーで行き来していたって。
　テーラーってなんかわからなかったけれど、だまって聞いていた。
　楽しそうに笑って話すじいちゃんの顔のマユゲが、5センチくらいあって
　笑うと、そのマユゲが動くのが面白くて
　じいちゃんの話は面白くなかったけど、
　じいちゃんのマユゲが面白くて僕は毎日聞いていた。

　じいちゃんの話の中には、昔の風景、昔の人々の生活があった。
　それが、この国の歴史なんだと、中学生の今の僕は思うけれど、
　小さい頃の僕には、じいちゃんの話が大切なものだったなんて気付きもしなかった。

　何気ない話をいっぱいしてくれたじいちゃん
　1年前に天国へいってしまって、もう、あのマユゲは見れなくなったけど
　たくさんいろんなことを教えてくれたことに、僕は感謝している。

　そして、僕も、僕が生きてきたこの国のことを、将来、孫

に話そうと思う。

　じいちゃんより、もっと長いマユゲで。

　じいちゃん、僕は、じいちゃんと血のつながった孫で本当
によかったよ。

　じいちゃんが生きたように、僕も警察官になって困ってい
る人のチカラになります。

　それが、今思う僕の「たったひとつの命」のありかたです。

福岡県　中学２年生

ひきこもり歴7年生

白い波を見ながら
人はいつか　この海に帰っていくんだなと思う

遠い遠い昔昔
人々はこの地球にやってきた
失敗しながら、争いながら、欲を出しながら、自分だけは
幸せになるんだと
バカなことを考えて生きてきたのだろう

21世紀になっても、まだそんな世界の中にある
愚かな生き物だな、人間ってやつは

それでも、『家族』というひとつの集団を作り
その中で、もがいたり、苦しんだり、喧嘩したり、笑った
り、抱きしめ合ったりする

なんだかんだ言いながら
最終的にはやっぱり家族
父親と母親、ひとつの命にはふたつの親がいて初めて誕
生するのだから

当然のことだよね

命が、清らかに誕生し、
命を優しく見守る人たちの手で育まれてゆく

ひとつの命が終わりを告げ海に消えてゆく
その時また　海の向こうから次の命がやってくる

波が寄せ、波がひき、繰り返すかのごとく
命もまた　誕生し　死を迎える

私たち　一人にひとつずつ与えられた命
どこまでも愛情いっぱいに膨らんで欲しい

道を誤ってもいいじゃないか、最初から全てをこなせる人
なんていないんだから

目の前が真っ暗で洞窟に落ちてしまっても仕方ないじゃな
いか
落とし穴があるなんて誰も知らなかったんだから

なんのために人がいるんだ？
道を拓いてくれるためでしょう

落とし穴から救い出してくれるためでしょう

どの命たちも　明るく笑って楽しく生きていけるはずだよね

たったひとつの命だから
今の僕のこの命を　抱きしめてください

石川県　17歳　ひきこもり歴7年生

僕のペースで生きる

　僕は、小学5年から5年間、学校へ行くことができなくなり、家で自習をして過ごしました。

　15歳の冬、僕のことを心配してくれた母が、不登校の子供たちがたくさん通っている高校を見つけてくれて、高校受験をすることになりました。

　僕は、人が緊張するところでは、あまり緊張をせず、人が平常心でいれる空間に緊張をしてしまうという障がいを持っています。

　試験の問題を解くことは、僕にとって難しいことではありませんでした。

　学校の勉強は、自宅でやっていたからです。

　問題は、試験を受ける机に着席できるかどうかでした。

　受験の日がやってきました。雪がちらつく朝、合格を目指す高校に到着しました。

　校舎を見た瞬間、足がすくみました。急に心臓の鼓動が早くなりました。立っていられなくなりました。

　母がさっと車椅子を車から降ろしました。

　母は、手際よく車椅子に僕を座らせ、教室まで連れて行きました。

母は、「高校だけが全てじゃないから、あなたのペースでいいんだからね」と、言ってくれました。
　僕のペースでいいと、日頃から言ってくれるこの言葉は、時計の針の動きを緩めたり早めたりしてくれました。

　ここまで僕を支えてくれた母のために踏ん張ってやる！と、決めました。
　この世界は、みんな自分が中心で生きている。
　みんな自分の足で立って、自分の言葉で心を伝えて、笑いたい時に笑い、泣きたい時は泣く。
　それぞれの心が決めること。その心で生きている。

　5年間、見守ってくれた母の心は、どんなだっただろうか…
　母さん、ごめん、ごめん、ごめん…そんな気持ちで席に着きました。

　そして、僕は合格をもらい、高校3年間を無欠席で卒業しました。
　部活では主将までさせてもらいました。
　専門学校へ進み、ＩＴ関係の仕事に就き、今、楽しく生きています。

　母一人で、兄と僕を育ててくれた母。

経済的にギリギリの生活だったと思う。でも、いつでも母は笑顔だった。

　それが、僕の救いだった。

　学校へ行けなくなった5年間、僕は周りが全く見えなかった。

　光を感じることもできなかった。

　僕を受け入れてくれた高校の先生方には、本当に感謝しています。

　根気よく僕という人間に向き合い、道を見出してくれた学校に感謝しています。

　優しく手を差し伸べてくれて、一緒に頑張ろうって言ってくれた友達に感謝しています。

　人は、人それぞれのペースで生きていいと思います。

　たったひとつの命だから

　たった1度の人生だから

　僕は僕のペースでこれからも生きていきます。

福岡市　ＳＴ

人生折り返しに思うこと

おはようございます。
大雨の被害でたくさんの命が奪われました。

　ひとつひとつが尊い命なのに
　予期せぬ形で無くなると
　神様はどうやって人の寿命を決められているのかなって考
えてしまいます。

　私
　入院して３か月が経ちました。

　３年に１度風邪をひくくらいで、あとは寝込んだこともな
い私が、突然、白血病だと言われ、病院のベッドで過ごして
います。

　私の入院で、我が家の役割分担が大きく変わりました。
　しかし、子供たちが力を合わせて、乗り切ってくれています。
　子供たちは大きく成長しました。

　末娘はまだ10歳。

1人では絶対にやらなかった宿題も、ちゃんとするように
なりました。

　中学の娘は、部活を辞めて家事を頑張っています。
　元々料理が好きな子なので、目覚めたライオンのように張
り切っています。
　今の世の中は、ネットでレシピを検索できます。
　前の日に、翌日の献立を立てるようで、お嫁にいったらこ
の経験が活かされるのかなと感じています。

　高校生の長男と主人は、このチビママさんのいいなりのよ
うです。
　雑用は全部2人でこなしているようです。

　風呂掃除ひとつしたことのない長男が、毎日一番最後に風
呂に入り、あがる時に洗って出てくるようです。

　一番大変なのは、実家の両親です。
　心配を醸し出してやってきます。

　毎日、時間もたっぷりあるので、2人で私の付き添いをし
てくれています。

病院にいるだけで、病人になっちゃうよ、帰っていいよって言うのに、毎日やってきます。

　親にとって子供の私は、いつまでたってもカワイイ子供なんでしょうね。

　これもまた、ありがたいことです。

　私、たくさん泣きました。

もっと生きたい！
もっとやりたいことがある！
せめて、子供たちが成人するまでは！

そう叫びながら泣きました。

もう涙は枯れました。

泣いて、何かが落ちたのか
生きたい！生きたい！と思う気持ちに変化があります。

もし、43歳で人生が終わったならば
43年間にありがとうです。

主人・子供たち・友達・仲間

いろんな人に出会わせてもらったことにありがとうです。

この頃、このありがとうが、よく出てくるのです。

私がいないと、我が家は大変だと思っていましたが、ここまで長期戦になると、チームワークが整い、それぞれに自立してくれて案外大丈夫なものです。

私は、何故か不安がありません。

もうダメだ、というドン底を味わったからでしょうか。

なるようにしかならない！
ここで慌ててどうするよ！

やりたかったことがやれた人生だったじゃない、私。

コンプレックスの塊で、結婚相手どころか彼氏もできないと思い込んでいたのに、大好きになった人と一緒になれました。

友達もいっぱいいます。

旦那様のおかげで、旅行もたくさんさせてもらいました。

ずっとやりたかったお花屋さんの仕事にも就けました。

　ベッドの上で、不幸だ不幸だと思って泣いていたら、この
負のスパイラルから抜け出せないことも知りました。

　よ〜く考えてみたのです。
　私のどこが不幸なのかと。
　私、ものすごく幸せ者です。

　今、人生折り返しなのかもしれません。
　ここで、何かに気付けよ！って
　神様に時間を与えてもらったような気がします。

　後半、もっと自分の人生を生きたらいいんだよって、誰か
が教えてくれているようです。

　あとは、この病院にいる期限を自分で決めて、脱出あるの
みです。

　私の体です。
　私の人生です。

たったひとつの命です。
命は弱いものではなく、限りなく広大なエネルギーです。

私は、次のステージを見つけます。

誰のためでもなく
私が私の人生を全うするために。

今の気持ち
「全部にありがとう」を大切にして
生き抜きます！
たったひとつの命だから…

三重県　がんばる 43 歳

あれから 40 年

自転車で校門をくぐる君を初めて見た時
君が何組なのかを知った時
そして君の名前を知った時
僕の心は大きく波打った

今日は君に会えるだろうか
今日は君の声を聞くことができるだろうか
僕は学校へ行く目的を持った

君はバレー部　僕はバスケ部
同じ体育館で汗を流した
同じ空間にいるだけで僕は元気になれた

親友に用事を見つけては君の教室へ行った
ふと 廊下ですれ違うと 思いがけない事件に僕は足がすくんだ

もう、あれから 40 年
僕らの子供たちが巣立ち　また君と二人の生活が始まった
僕は今でも変わらず君を想っているよ
お互いに体型は変わった

会話も子供たちのことが中心になった
君が家にいない時間も増えた
でも　僕は誇りに思うよ　君と夫婦になれたことを

これから体力が衰え　白髪になり　だんだん不自由なこと
が増えていく
お互いが手を取り合うのはこれからだな

今までの 40 年、ありがとう　そしてこれからの人生もよ
ろしく頼むよ
僕はこれからも君を守る
約束するよ
だから君にお願いがある
最期のその日までずっと傍にいて欲しい

その　最期のその日に僕はこう言うよ
一緒に生きてくれてありがとう
たったひとつの命をふたつも産んでくれてありがとう
ぼくのたったひとつの命を大切にしてくれてありがとう
君のたったひとつの命を僕に託してくれてありがとう
僕の命が君の命とひとつだったことにありがとう…と

山口県　50 代

ワンライフプロジェクトの物語

一般社団法人ワンライフプロジェクト代表

桑野優子

ワンライフプロジェクトの始まり
〜西尾誉佳さんとの出会いから〜

1枚の年賀状

　このプロジェクトの発端となった西尾誉佳さんのことを、これから少しお話しさせていただきます。

　2006年1月6日、私は1枚の年賀状に出会いました。

　そこには、真ん中に大きく筆文字で「たった 一つの 命 だから」と書かれていました。

　年賀状に書く言葉なの？　なぜ、こんな文字が？？　頭の中で？？？の文字がたくさん並びました。その年賀状は、私の恩師で詩人の童涼景さんが見せてくれたものでした。差し出し人は、横浜市に住む14歳の女の子、西尾誉佳さん。病気で右腕を失い、残された左手で書かれた文字でした。

　私は、大きな衝撃を受けました。誉佳ちゃんにはそれからたくさんのパンチを受けることになるのですが、これが第1号のパンチでした。

　それというのも、私には誉佳ちゃんとひとつ違いの次男がいるのですが、4年前に左脚に12センチの腫瘍が見つかり、切断の危機にさらされながら闘病生活を続けていました。そ

の長いトンネルから抜け出したばかりの時だったのです。医師から「もう大丈夫。思いきり運動していいぞ」と告げられ、天にも昇る気持ちで次男と喜びあったのが、誉佳ちゃんの年賀状に出会う前日のことでした。

　私の息子は腫瘍と闘いましたが、命まで脅かされてはいませんでした。

　「ああ、この女の子は命の重みと闘ったんだ…そして、右腕を失ったんだ。強いな、この子。どんな子なんだろう」

　14歳の女の子が、どんな気持ちで病気に立ち向かい、そして、どんな想いを込めてこの年賀状を書いたのか、会って直接聞きたいと思いました。

「神様に選ばれたのね」

　誉佳ちゃんは、幼い頃から好奇心旺盛で、歌うことや自然の中で遊ぶことが大好きだったそうです。そして、学校では、特定の友だちだけと親しくするよりも、みんなと仲良くありたいと願うような女の子でした。

　誉佳ちゃんは、中学1年の秋、『種まく子どもたち─小児ガンを体験した七人の物語』（佐藤律子著、ポプラ社刊）という1冊の本と出会います。難病と闘う子どもたちのエッセイ集です。この国に大変な思いをしながら生きている子どもたちがいることを知った誉佳ちゃんは、わあわあ大泣きした

117

そうです。彼女は「私にも何かできることはないか」と、真剣に考えます。そして、学校からの帰り道、ゴミ拾いをおこなうことを始めました。

　ところがそれから半年後、自分自身が大変な病気と向き合うことになりました。

　誉佳ちゃんのお母さんは、看護師さんです。病名を聞けばその患者さんがどういう治療をおこなうのか、どんな運命なのかがわかってしまいます。病名を告げられた時、誰よりも絶望を感じたのはお母さんでした。14歳になったばかりの少女に伝えるべきか、迷う時間はなかったそうです。一刻も早く治療を始めるべきだと知っておられたからです。

　たったひとりの我が子が、重い病気を患っているなんて、誰が想定できるでしょうか。残酷な宣告だったと思います。それでも本人に伝えるしかないと、強い気持ちを持って誉佳ちゃんに病気の説明をされました。

　「神様に選ばれたのね。私でよかった」

　これが病気を告げられた時に、真っ先に誉佳ちゃんが口にした言葉です。

　「病気を与えられたのが神様ならば、わかったよ。病気になったのが友だちではなく私でよかった」と、言ったそうです。

　どこまでも純真な心を持った子は存在するんだな…ああ、完敗だな…41年生きてきた私が、誉佳ちゃんに大きなパン

チを食らったのは、これが２発目でした。

　病名を告げられた誉佳ちゃんは、病気と闘います。

　大学病院で受けた治療は、悪さをする菌だけではなく、誉佳ちゃんの体を守る大切な菌まで弱めてしまいました。何を食べても受け付けない。病魔と闘う気力はあっても体力が落ちてしまって日に日に痩せていく…。

　誉佳ちゃん自身はもちろんのこと、ご両親、ご家族、友だち…みんなの願いで、ただただ完治を目指して受けた化学治療でした。

　そんな娘を見てお母さんは、彼女の好物の卵焼きを作ります。母の愛情がたくさん詰まったこの卵焼きだけは、誉佳ちゃんの体が受け付けたそうです。大きなお母さんの愛…誉佳ちゃんを立ち直らせた奇跡の卵焼きです。お母さんの卵焼きは、世界で一番美味しいんだと話してくれたこともあります。

　ところが、そんな誉佳ちゃんが医師から告げられた言葉は
「生きるためには、右腕を切るしかない」
というものでした。

あきらめない！

　私は、誉佳ちゃんの日記を見せてもらったことがあります。右腕を切るしかないと告げられた日のことが書かれていま

した。

「私は、右腕を失うことはどうもない。ただ、それを私に話すお母さんの目に涙があった。お母さんのその涙を見て、私も涙が出た」

自分の右腕がなくなることよりも、大好きなお母さんを泣かせてしまったことが彼女には辛かったのです。

誉佳ちゃんの手術は9月におこなわれました。

手術の前日、作業療法士さんと看護師さんたちの配慮で、病院の中に簡易テニスコートが作られました。そこで、お母さんとテニスボールを打ち合ったのです。誉佳ちゃんは、中学にあがるとテニス部に入部したのですが、それは、学生時代テニスに明け暮れたお母さんの影響だったそうです。やっと大好きなお母さんとボールを打ち合えるようになったのに、これが最後のテニスになりました。

右腕さんとのお別れがお母さんとのテニスだったことは、誉佳ちゃんにとって納得いくものだったろうなと思います。

「指、1本1本に今までありがとうって言ったよ」

「そしてね、目覚めると、本当になくなっていた…」と、少し笑いながら話してくれました。

左腕だけになった誉佳ちゃんがやるべきことは、たくさんありました。

今まで右手でおこなっていたことをすべて左手でやらなければならないのです。

　左手のリハビリで真っ先に挑戦したのは、刺繍でした。第1号の作品は私が預かっています。刺繍が施された手作りクッションです。水面から飛び立つ水鳥の下に「NEVER GIVE UP！」とあります。この文字は、誉佳ちゃんが、自分で決めたそうです。見本と違う文字を選んだところに、彼女の新たな挑戦を感じます。

　とても力強い刺繍です。右腕を失っても弱気になんかならない、このクッションからその時の彼女の信念を感じます。

誉佳ちゃんを福岡に迎えて

　3か月の時を経て、誉佳ちゃんは退院の日を迎えます。

　残暑厳しい9月に手術を受け、あっという間に外は12月。クリスマス一色に染まった街並みは、すべてが新鮮だったそうです。

　ひと回りもふた回りも成長した誉佳ちゃんは、お世話になった人へ年賀状を書きます。6枚書いたと聞いています。そのうちの1枚に私は出会わせてもらいました。

　年賀状に出会ったとき、私はとにかくこの子と会って話がしたいと思いました。どんなふうに笑う子なのか、どんな声でしゃべるのか、ただ、確かめたかったのだと思います。知っ

て安心したかったのだろうと思います。

　私の願いは思いのほか早く叶えられました。
　年賀状に出会って半月後、誉佳ちゃんはご両親と一緒に福岡の私の家に遊びに来てくれることになりました。たまたま九州に旅行に来られるということで、その帰りに寄っていただいたのです。
　さあ、私たちもお迎えの準備です。「私たち」というのは、近所のママ友や子どもたち、そして息子たちの友だちです。とくに次男の闘病以来、級友のなぜか女の子たちがしょっちゅう我が家のリビングに通ってくるようになっていたのです。みんなに誉佳ちゃんのことを話して、総勢25人ほどで迎えました。
　動物が好きな誉佳ちゃんと、一瞬で仲良くなる方法は、アレしかないと思いました。うさぎ、りす、ねずみの着ぐるみを借りてきて、玄関で待ちました。
　ドアを開けた誉佳ちゃんは、ビックリした顔で大歓声をあげました。ご両親と共にキャーキャー大喜びしてくれました。
　なんという透明感、こんな子見たことない。これが誉佳ちゃんの第一印象です。
　誉佳ちゃんは、言いました。
　「私は、右腕はなくなったけどね、たった一つ命があるから」
　そう言ってにっこり笑いました。

あどけなさが残る笑顔には、たくましさ、力強さ、会話には歯切れの良さがありました。こんなにもあっさりと、堂々としゃべる子なんだ、予想以上に凄い子だなと思いました。

　約3時間、みんなで歌って踊ってしゃべって、よく笑い、濃い時間を過ごさせてもらいました。これが、誉佳ちゃんと私たちの交流の始まりです。

「闘いは、これからなんだ」

　誉佳ちゃんと年齢が近い女の子たちは、さかんにやりとりをして、どんどん仲良くなっていきました。学校のこと、成績のこと、友だちのこと、ごくごく平凡な女の子同士の会話です。

　しかし、大事件はある日突然やってきました。童涼景さんから、信じられないことを聞かされました。誉佳ちゃんの命があと1年しかないというのです。

　あの、天使のような清らかな子に、どうして神様は過酷な試練をお与えになるのか…。もう、十分だろうに。もう、もう、もう…。

　私の頭の中で、何かがグルグル回っていました。遠い昔の自分がよみがえってきていました。中学3年の9月、私は主

治医から「この心臓、あと3年もつかな」と言われたのです。目の前が真っ暗になり、何も考えられなくなった私は、その日自転車をゆっくり漕いで、矢部川の清流に向かいました。今すぐ死んでしまいたかったのです。この先、生きていて何があるのか、私の人生、ここで終わっていいじゃないか…そんな気持ちでした。

　ところが、その日の矢部川は、真夏と違ってほとんど水がなく、大きなゴロゴロした石だけが並んでいました。結局川に飛び込むことは諦めて家に帰り、気力を失ったまま、ただ毎日の生活を送りました。親には心配かけたくないから虚勢を張って過ごし、しかし、その反動でたまらなく不安に襲われる日々…。

　医師の宣告から3年が過ぎようとしていた高校3年生の時、同じ年に2度も交通事故に遭いました。「死んでなるものか！」と、息を吹き返して今に至ります。

　今だからこうして書き起こすことができますが、あの無気力と孤独にさいなまれていた頃の心情は、決して思い出したくないものでした。

　ああ、あの時の私と同じ年だ、同じ思いをしているんだ…。たった一つ命があればそれでいい、そう言って笑っていた誉佳ちゃんは、どこにいってしまうのだろうか？　奥深く胸をえぐられる思いでした。

「闘いは、これからなんだ」

　これは、余命宣告を受けた誉佳ちゃんが言った言葉です。誉佳ちゃんから食らったパンチの第3発目でした。

　誉佳ちゃんは洗面所の鏡の横にこの言葉を貼り、顔を洗う時、大好きなお風呂に入る時など、1日何度もこの言葉を見て、自分自身を奮い立たせました。弱気にならず、現実を受けとめて、誉佳ちゃんは次なるステージへと進みます。

　14歳の誉佳ちゃんは、下を向かず、まっすぐ前を見て病気に闘いを挑みました。脱帽でした。

「たった一つの命だから」には続きがあるのでは？

　さて、そんな誉佳ちゃんを放っておけるはずもなく、私たちは、私たちにやれることを探しました。

　ある日、童涼景さんがおっしゃいました。

　「『たった一つの命だから』という言葉は『だから』で終わっているけれど、続きがあるのではないかと思ってしまう」と。

　それを聞いた瞬間、人それぞれにいろいろな続きの話があるのかもしれない！と心が震えました。

　その場ですぐ、高校1年生の女の子にメールで尋ねてみました。

　「あなただったら、『たった一つの命だから』のあとに何てつなげる？」

125

すると、数分後に返信がきました。「毎日楽しく笑え」と、ありました。他の子たちからも、「思ったとおりに生きる」とか「人のためにできることを考えよう」とか…

すぐ返信がきたことで、私たちは確信を持ちました。

生きることに向き合う時間を持つことが、今は何より大切な時代なのだと。

ワンライフプロジェクトの誕生

こうして 2006 年 5 月 20 日、私たちは活動を開始しました。「命と向き合ってもらおう」という想いを込めて、この活動を「ワンライフプロジェクト」と命名しました。

たくさんの人にこの言葉を投げかけてみよう！　投げかけるだけでもきっと意味がある！　そして、100 人の方の言葉が集まったら、本にして誉佳ちゃんに届けよう！　100 人の想いが詰まった本を作ったら、きっと奇跡は起きる！

そう信じてみんなで動きました。中心となったのは、中学生と高校生です。若い子どもたちが率先して、友だちや家族に話して、つなぐ言葉を書いてもらってくれました。また、その子たち自身も、日頃は見せない心の内側を吐露してくれました。

命と向き合うことは、心を表現することなのかもしれない。

命を綴る時は、大好きな人が出てくるものかもしれない。

命がひとつなのだと気づいていない人がたくさんいる。

活動を始めて、私たちはたくさんのことを教わりました。

7月はじめにおこなった発足会には、西日本新聞社から記者が取材に見えました。発足会場は地元のなじみのハンバーグ屋さん。丸1日借り切って、料理も提供してもらいました。もちろん、誉佳ちゃんもご家族と共に横浜市から駆け付けてくれました。今回も誉佳ちゃんをビックリさせたくて、彼女が描いた年賀状の文字をモチーフにしたTシャツを、参加者全員分作りました。その日もよく喋りよく笑い、よく食べ、楽しい1日になりました。「私が書いた文字からこんな活動が誕生するなんて」と、誉佳ちゃんははにかんでいました。

ラジオ番組に寄せられた第1号のメッセージ

それからまもなく、西日本新聞朝刊の地方版に『たったひとつの命、どう生きる』という見出しで活動内容が掲載されました。その日の午後、早速問い合わせがありました。久留米市のコミュニティラジオ局「ドリームスFM」のパーソナリティ、岩坂浩子さんから電話をいただいたのです。

「土曜日の朝の番組の中で活動について話しませんか?」ということでした。私は、その番組の中で20分お話をさせていただきました。

すると、その放送から数日後、ご年配の女性からファクス
が番組に寄せられました。

　「たったひとつの命だから　マイペースで生きる」という
タイトルでした。

　「こんな国にしてしまって子どもたちにたくしていく　ご
めんなさいね　あなたたちは急がずマイペースでいきなさい
ね」と、ありました。

　私たちは、いくつもの衝撃を受けました。

　土曜日の朝、命について考える時間を持ってくださる人が
いること。

　命を見つめ、パソコンで文字を打ちプリントして、それを
ファクスで番組に送るという手間をかけて行動を起こす人が
おられること。

　私のつたない話が伝わったこと。

　そして何よりも、続く言葉に込められた想いの深さです。

　電波を通じて、最初に届いた第1号メッセージは、忘れら
れないものになりました。

　さて、それからどうなったかと言いますと…

　翌週、岩坂さんはこのメッセージを番組で朗読されました。
すると、放送後すぐ2人の方からお便りが届きました。2通
のメッセージはその翌週朗読されました。すると、また別の
方たちから2通のお便りが届きました。岩坂さんの番組が好

きなリスナーさんがたくさんおられたのだと思います。

　ひと月後、この番組「わくわくサタデーみんなのラヂオ」の中にワンライフプロジェクトのコーナーが設けられました。

　こうして約1年半、この番組が続いた期間、お便りは途切れることなく毎週届いたのです。

　このラジオ番組のおかげで、私たちは最初の目標をあっという間に達成することができました。100集まったら自分たちで本を作るという目標です。自分たちの手で小冊子にして、記念の第1号ができあがりました。

　すると、ここでまた次なる展開の出会いがありました。私の自宅を建ててくださった工務店の社長が、東京の出版社、地湧社の社長にこの手作りの小冊子を紹介してくださったのです。これを読まれた社長は、涙が止まらなかったとおっしゃいました。そして、これはぜひ全国の本屋さんに並べたい、出版させてもらえないだろうかと言われました。

　まさか、本当に本になるの？　みんなで驚きました。

　手作りの小冊子がやがて1冊の本になり、2007年4月、本当に本屋さんに並べられることになります。

朗読会の始まり

　そんな中、童涼景さんが「岩坂さんの番組の録音テープを

みんなで一緒に聴いてみようか」と言われました。10人くらいで集まって、静かに聴きました。放送10回分ほどのテープだったと思います。

　聴き終えた時、みんな涙を拭っていました。「目で読むことと、耳から入ってくるものとでは、感動の仕方が大きく違うものだ」と、私たちは知りました。

　これは何かやらねばならぬという思いに駆られました。

　それからの私たちの動きは素早いものでした。まず筑後市にある500人収容のホールを予約し、チケット、チラシ、ポスターを作りました。これがワンライフプロジェクト主催の第1回目の朗読会です。

　朗読は岩坂浩子さんにお願いをしました。朗読の合間には、歌を挟むことにしました。「命」について書かれたお便りは、軽いものは1つもありません。しんどさだけが残る朗読会にしたくなかったのです。地元の筑後児童合唱団にお願いしたところ、快く引き受けてくださいました。

　この合唱団の責任者、堤朱美先生は、県内でとても有名な音楽の先生でした。私たちは、朗読のBGMとしてピアノの生演奏を堤先生にお願いをしました。ピアノの譜面置きには、曲の楽譜ではなく、朗読の原稿が置かれていました。メッセージに合わせて堤先生は即興で鍵盤を弾かれました。

　朗読の岩坂さん、伴奏の堤先生、そして、筑後児童合唱団

の子どもたち、みな気持ちよく力を貸してくださいました。ワンライフプロジェクトにとって、忘れられない恩人のみなさんです。「たったひとつの命だから」という言葉が、不思議な力で集めてくれた人の輪そのものでした。

　私たちスタッフはチケット販売に動き回りました。高校生スタッフが中心となり、近所のスーパーにポスターを貼らせてもらったり、校区内の区長さんにチラシを配ってほしいとお願いに回ったり、友だちや家族にいろいろな形で参加を呼びかけました。

　主婦スタッフは筑後市内の小学校を回りました。「命の話をするのは一番大切なことなのに、実はとても難しいことなのです」と、話される校長先生が多く、だからこそと、応援してくださいました。

　2006年12月1日当日、サザンクス筑後・小ホールの会場には360名の方が来場してくださり、大成功を収めることができました。

小中学校から高校へ、広がる朗読会

　そして、わずか2か月後アンコールの朗読会がおこなわれ、ここから学校での朗読会へと道が拓けるのです。

　2007年6月26日、福岡県三潴郡大木町立大溝小学校で初めての学校朗読会をおこなわせていただきました。自然豊か

な田園で生まれ育った子どもたちです。きっと素直な子どもたちに違いないと思うものの、おとなしく聴いてくれるのか、子どもたちに命の大切さが伝わるのか、子どもたちが何か反応してくれるものなのか、たくさんの不安がありました。すべてが手探り状態の中での朗読会でしたが、私たちの不安はすぐ払拭されました。

　子どもたちの目がとても真剣で、吸い込まれそうになりました。朗読される岩坂さんのほうをまっすぐ向き、多くの子どもたちが涙を流しながら聴いていました。

　参観されていた保護者の方からも大きな反響がありました。「忘れていた感情を取り戻しました」「帰って今日は子どもを抱きしめたいと思いました」「何とも優しい感情が溢れました」「多くの方に届けてください」等、私たちの予想以上でした。

　ここから筑後一円の小学校、中学校での朗読会が広がっていきました。

　高校での最初の朗読会は、岩坂さんの番組がきっかけでした。

　毎週土曜日の朝、寄せられたメッセージを朗読されるのを、福岡県立浮羽工業高校の先生が楽しみに聴いておられたのです。生徒たちに聴かせたい。いや、生徒たちと一緒に味わってみたい。そんな思いから私たちを呼んでくださいました。

　数年連続でこの高校にはご縁をいただきました。2年目から生徒の皆さんが首にタオルを巻いて体育館に入って来られ

たのが衝撃でした。本番中、高校生は遠慮なく泣きました。涙を拭うこともせず、まっすぐこちらを向いたままの子もいました。すすり泣きが体育館中に響き渡りました。先生方も教師という立場を超えて、ひとりの人として感想を伝えてくださいました。

　思いがけない広がりもありました。本が出版されてすぐのこと、石川県の方から電話で「朗読をお祭りの中でやりたい」という突然の申し出があり、これには本当にビックリしました。本を手にして、中身を読んだ時にすぐ、朗読会をやりたいと思ったのだそうです。2007年5月、能登半島の七尾市で、お祭りの中、まったく自由なスタイルの朗読会がおこなわれました。仲間ができました。石川支部の誕生です。

　東京でも、2007年9月30日に出版記念朗読会を中野区のホールで開催することが決まりました。
　7月半ば、誉佳ちゃんから電話をもらいました。
　「9月の中野での朗読会、私はどこで参加したらいいの？」
　「私たちは舞台袖で裏方をやるよ。誉佳ちゃんも一緒に裏方をやろうよ」
　「いいの？　私もそこにいていいの？　みんなと一緒にいたかったから嬉しい」
　誉佳ちゃんは弾んだ声で言いました。

…これが、私と誉佳ちゃんの最後の会話になりました。

別れの時

8月11日、誉佳ちゃんのお父さんから電話をいただきました。7月22日に、誉佳ちゃんが病院へ運ばれたという知らせでした。お医者さんの話では大変厳しい状況だと言われました。

そんなはずはない！と、私は間髪入れずに言いました。あんなに元気よく、しかも、私たちとの再会を楽しみにしている誉佳ちゃんの身に何かが起きるはずがない！

それでも、お父さんの話は続きます。

「最後になるかもしれないから、電話で誉佳と話してもらえませんか？」

「では、8月13日の夜に何人か声を掛けておきますから、その日に電話でお話しましょう」と答えて、受話器を置きました。

時が止まりました。

あんなにいい子を、神様がこんなに早く連れていくわけがない。

1日1日を笑顔で過ごし、厳しい状況になっても周りを気づかう16歳の女の子の人生が、このまま病院で終わるなんて、そんなこと、あるはずがない。

そうだ、私たちと話せば、きっと奇跡が起きて、誉佳ちゃんの体は回復するはず。それからの2日間、いろいろな想いが交錯する中で、なんとか誉佳ちゃんを元気づけられるようにと、話す内容をまとめていました。

　13日午後7時、約束の時刻に数人の高校生スタッフと一緒に誉佳ちゃんからの電話を待ちました。なかなかかかってきません。だんだん、不安になっていると、やっとかかってきました。誉佳ちゃんのお父さんからでした。

　「誉佳は、今夜の皆さんとの電話を楽しみにしていたのですが、突然、やっぱり電話しないと言い出しました。福岡のみんなには会って話すから。電話ではなく、会って話すと言ってききません。なので、せっかく集まってもらったのですが、今夜のところは、すみません。今、とてもありがたく思っています。誉佳が希望あることを言ってくれたのが、とても嬉しいです。皆さんとは会いたがっていますから。本当に感謝です」

　お父さんの言葉に、みんな喜びました。やっぱり元気でいてくれているのだと。また会える、東京で一緒に朗読会をおこなうことができると。その夜は笑顔で解散しました。

　それから2日後、誉佳ちゃんは天国へ逝ってしまいました。

広がり続ける波紋

奇跡を起こしたくて始めた活動でした。

大切な人を失って、意欲が出なくなって、この先何を目標に頑張ればいいのかわからなくなった私たちでしたが、休む間はありませんでした。

東京での朗読会の様子が読売新聞全国版の夕刊一面記事になり、10月13日にはNHKラジオの番組『土曜ジャーナル』で私たちの活動が紹介されました。

ここから、福岡県以外での学校朗読会が始まります。長野県の高校からの依頼をはじめ、あちこちからいろいろな反響がありました。それはまるで、「立ち止まらないで！」という誉佳ちゃんからの激励のようでした。

立ち止まる時間はありませんでした。立ち止まりそうになりましたが、もっと高く飛ぶようにと、誉佳ちゃんに後押しをされたのです。

その後、NHKラジオ第1放送の番組「つながるラジオ」の中で「たったひとつの命だから」のレギュラーコーナーができました。（2009年4月〜約2年間）

虹に込められた願い

誉佳ちゃんは、亡くなる1週間ほど前に大きな虹の絵を模

造紙いっぱいに描いたそうです。右腕を失って以来、誉佳ちゃんはスケッチブックにいくつも虹の絵を描いていました。

「どうしてそんなに虹の絵を描いているの？」と、尋ねたことがあります。

「虹はね、人の心から出ていると思うの。人の心と心が虹の光でつながったら、そしたら世界は平和になる」

なんて素敵なことを言う女の子なんだろうと、感激したものです。

もう、食べることも、しゃべることもままならない状態で、酸素チューブをはずし、渾身の力を振り絞って虹を描き上げた誉佳ちゃん。本気で思っていたんだ！　本気で、虹の光のように人の心と心がつながって、平和な世界になることを願っていたんだ！

なんという子なのだろうか。

病気になっては、友だちではなく私でよかったと言い、

腕を切ることになった時は、切ることよりもそれを告げる母の目に涙があったことを憂い、

余命宣告を受けたら闘志を燃やし、

命尽きる間際には世界の人々の平和を願い…

こんな女の子が、この国にいた。

なんという子なのだろうか。

こんな心を持った女の子が書いた文字なのです。

だから、私は瞬時に魅せられたのだと思います。

　だから、この活動が生まれ、多くの方に届き、多くの方の魂に直接響いたのだと思います。

　誉佳ちゃんが言ったとおり、誉佳ちゃんは神様に選ばれた女の子だったのでしょう。

　命の大切さを知らせる使命のもと、この世界へ送り込まれた女の子だったのだと、私は思わずにはいられません。

　「たった一つの命だから」、あなたなら何とつなげますか？

　心に浮かんだら教えてください。思ったとおりのあなたの言葉で。

　今日も、誉佳ちゃんが微笑みながら「命は一つなんだよ」って、あなたの耳元で囁いてくれているはずです。

　この本を手に取ってくださった皆さんと、虹の光で結ばれますように…。

メッセージをめぐる物語

　ワンライフプロジェクトがお預かりしているメッセージは、多くがA4サイズ1枚の紙に収まります。ひと文字ひと文字に書かれた方の想いがこめられています。1枚の重みは命の重みです。

　どんな想いで書かれたのだろうか？　どんな方が書かれたのだろうか？　そう、それは、誉佳ちゃんの年賀状を見た時と同じ気持ちです。誉佳ちゃんは、知れば知るほど素敵な女の子でした。きっと、書かれた方も知れば知るほど素敵な方なのでしょう。だから、メッセージそのものが人の心を動かす力を持っているのかもしれません。

　届いたメッセージには、お手紙が添えられていることが多々あります。あるいは、書かれた方が亡くなって、その後ご遺族の方からお手紙をいただくこともあります。

　私たちワンライフプロジェクトでは、メッセージそのものを多くの皆さまに伝えることを旨としていますが、皆さまと共有したいエピソードもたくさんあります。既刊の『たったひとつの命だから』1〜4巻に収められたメッセージの中から3篇について、そんなエピソードをここでご紹介します。

エピソード1 どうしてひとつなのでしょう

第2巻に収められているメッセージで、幼い2人のお子さんを育てながら余命1年を宣告された、匿名の方からのものです。

〜〜〜〜〜〜〜〜〜〜〜〜〜〜〜〜〜〜〜〜〜〜〜〜〜〜〜〜〜〜〜〜〜〜〜〜〜〜

どうしてひとつなのでしょう

いつも聞きながら元気をいただいています。切り替えよう切り替えようと心に言い聞かせながら聞いています。

私には2人の小学生の息子がいます。5年前に離婚をしました。彼に好きな人ができたので、仕方なかったのです。私は　実家に帰り　両親と一緒に子育てをしてきました。

昨年の秋、私は会社で倒れ、検査の結果　私はながく生きられないことを　告げられました。

誰が受けとめられましょう。誰がそんな話を聞き入れましょう。私に与えられた時間は　あと1年ほど。まだ　8歳と11歳という幼い子供を残して誰が死ねるというのでしょう。

父親がいなくなった時、2人は駅で来る日も来る日も帰りを待ちました。

もう帰ってこないのよと言っても、駅でふたり手をつないで電車から降りてくる人の中から必死で父親の姿を探しました。

やっと父親の話をしなくなったこの頃…

　私は死ぬわけにはいきません。私を生かしてください。

　せめて、せめて、あと10年。

　お願いです。

　私の父は　1人で田んぼ仕事に出かけます。まだまだ元気です。私の母は　友達と手作りの店をしています。毎日食事の用意もしてくれています。

　私が帰ってくるよと話した時は、2人とも孫がふびんだと泣きました。それでも、精一杯のことはするから、子供を真っ直ぐ育てることだと言ってくれました。

　私は心配のかけっぱなしです。両親にまだ何もしてあげていません。

　そんな両親に　2人の子供を　どうお願いしろというのですか…

　世の中で一番親不孝な娘です。

　あなたたちより先に死ぬなんて…幼い子供を置いて。

　死ねません。死ねません。死ぬわけにはいきません。

　あどけない寝顔なんです。2人で話し合っておじいちゃんの誕生日に長靴をプレゼントしたんです。

　先生からの呼び出しなんか怖くありません。謝らなきゃいけない時は、親の務めです。いくらでも謝ります。

　明日の用意をして、きちんとランドセルを枕元に置いて寝ています。

どうして、ひとつなのでしょう。どうして、たったひとつなのでしょう。

　この春　2人を連れて北海道に行ってきます。2人の笑顔を忘れないために。

　お父さん　お母さん　本当にごめんなさい。

　子供たちをお願いします。

愛するふたりの子供たち、

あなたたちに会えて幸せでした。

あなたたちの成人した姿見たかった。

奥さんになってくれる人を見たかった。

どうか、おじいちゃんとおばあちゃんを守ってあげてね。

ママのぶんまで。

そして、大切にしてね。たったひとつの命を…

匿名

　このメッセージが届いてから1年以上たったある日、お手紙が届きました。娘さんを亡くされたお母さまからでした。「娘の遺品を整理していたら、『たったひとつの命だから②』という本を見つけました。56ページに1枚の紙が挟まれていて、本と同じ文章が書かれていました。

　つまりは、娘が書いたものが、本に掲載されたということ

ですね。とても驚きました。しかも、娘はそれを私たちに打ち明けることはせず、『この本、手に取ってね、お母さん』と、言わんばかりに娘のピアノの上に置かれていました。

　その紙に書かれていた文章を読んで涙が溢れて、暫くその場から動くことが出来ませんでした。娘が生きた証、娘の心を残してくださったことに感謝します。」

　この手紙を読んで、私はすぐ返事を書きました。そして、1か月後におこなわれる朗読会の招待券を同封しました。

　朗読会当日、お母さまにお会いして娘さんのいろいろなことをうかがいました。

　このメッセージに書かれていたとおり、余命宣告が出てから1年半で他界されたとのことでした。離婚は、ご主人に好きな女性ができたことが理由でした。娘さんは、ご主人を幸せにできるのは、自分ではなくその女性だろうからと、すんなりと離婚に応じられたそうです。あまり悩む様子はなく、明るい声で言われたそうです。

　「お母さん、ごめん。私、離婚することにした。子供たちと一緒に帰ってきていい？」と、電話で告げられ、1か月後には引っ越してこられたそうです。娘が泣いている姿を一度も見たことがないと、お母さんは言われました。

　ある日、「一緒に病院へ行ってほしい」と言う娘さんについて大学病院へ行きました。病名を聞かされた時は心臓が止

まるかと思ったそうです。レントゲンの写真を見ながらの説明は、少しも頭に入らず、「長くは生きられない」という言葉だけがグルグル回ったと。戯言なんかじゃなく、現実に娘の身の上に起きたことなのだと思うと本当に怖かったそうです。それでも、明るく振る舞う娘を見ていたら、自分たちもくよくよするわけにはいかないと、毎日踏ん張りましたと話されました。

　別れた旦那さんと、その奥さんが何度もお見舞いに来られ、娘さんが亡くなったあとは自分たちが子供たちを引き取ると言われていたそうです。「だから心配しないでください」と。

　娘さんは1年半の闘病生活を経て、眠るように天国へ逝かれました。残された子供たちはお父さんの元へ行くことになっていましたが、こんなふうに言ったそうです。

　「お父さん、僕たちはじいちゃんたちとこの家に住むよ。お母さんと約束したんだ。おじいちゃんたちを守るって。だから、おじいちゃんとおばあちゃんが死ぬまで、僕たちはここにいるよ」と。

　お父さんの所へ行くように話しても、2人ともおじいちゃん、おばあちゃんと暮らす選択をしたそうです。

　「みんなが優しいのです。娘は、本当は離婚はしたくなかったと思います。でも、身を引くことが彼の幸せだと思ったのでしょうね。彼の気持ちを優先させたいと言っていました。また、元義理の息子は、娘と離婚してからも、父親として十

分なことをしてくれたので、私たちも感謝しかありません。娘が亡くなって、子供たちを迎えにも来てくれましたし。

　そんな２人の子供たちが、これまた本当に優しいのです。本当は、こんな年寄りと暮らすよりも、父親と新しいお母さんの元で暮らすほうが何倍も幸せだと思うのですが…ふびんに思えたのでしょうね、私たちが。『ここにいるよ、じいちゃんとばあちゃんだけじゃ淋しいでしょう』って言うんです。お父さんの家には、毎月泊まりに行き、たくさんのお土産を持って帰ってきます。いい親子関係を築いてくれています。娘は失いましたが、私たちは孫たちをしっかり育てなきゃいけませんから、悲しんでばかりもいられません。

　それに、泣き言ひとつ言わなかった娘でしたが、こうやって本心を残していてくれましたから。そのことで気持ちが楽になりました。ありがとうございました」

　そう話されて、朗読会の会場へ入っていかれました。

　このときの朗読会では、もちろん娘さんのメッセージを朗読させていただきました。

エピソード2 女の子のラストレター

同じく第2巻に収められたメッセージです。たつや君という息子さんのお母さんで、息子さんが小学5年生の時に、同い年で亡くなった女の子のことが綴られていました。

女の子のラストレター

先日の放送を聴いて、忘れられずにいる女の子のことを書かずにはおれなくなりました。

私の息子が、大怪我をして、大学病院に入院をしていたのは今から5年前。頭を強く打ったために、3か月もの間入院をしておりました。その間、小児病棟には毎日毎日いろんな病気の子供が運ばれてきました。

ある日、5年生の女の子が隣の部屋に入院してきました。息子と同じ年だったので、すぐ打ち解けお互いの学校の話、勉強の話をしていました。

女の子の病気は貧血と聞いていました。息子は点滴や脳波の検査を怖がり、毎日その女の子に励まされていました。「我慢せんね、すぐよくなるけん」と毎日声をかけてくれました。とても明るくて元気のいい女の子でした。病棟の人気者で誰にでも話しかけ、本を読んでくれたり、描いた絵をプレゼン

トして回ったり、本当に賢い女の子でした。

　その子はある日から無菌室に移されました。私は初めて彼女が違う病気であることを知りました。毎日、ガラス越しに少しの時間会いに行きました。息子は、女の子は、検査で無菌室にいるのだと信じていました。女の子の抗がん剤治療が始まりました。それでも、彼女は息子に、すぐよくなるから、注射と退屈な入院生活を我慢しようと励ましてくれました。

　息子の退院の日…同じ日に彼女の容態が急変し、亡くなりました。とても、息子にはそのことを告げることは出来ませんでした。

　しばらくして、女の子のお母さんから、手紙をもらいました。女の子から息子あての手紙でした。

　「たつや君、友達になってくれてありがとう。一緒に退院しようねって、約束したけど、破ってごめんね。きびしいことばかり言ってごめんね。私が死んだら私はどうなるのか　こわいです。お父さんとお母さんがいないところに行きたくない。でもね、えんぴつも持てなくなってきた。病気がひどくなってきた。死ぬのがこわいです。さようなら。さようなら。」

　私はこの手紙を５年生の息子にも、誰にも見せずに大切にしまってきました。

　明るいところしか見せなかった女の子でした。本当は泣いていたんです。やってくる自分の命の終わりのときを、どう覚悟したのかを考えると、その手紙を二度と読むことは出

来ませんでした。どんな思いでこの手紙を書いてくれたのか、いつ書いてくれたのか…

　息子は高校2年生になりました。この女の子のラストレターは、いろんな意味を持つのかなと思います。私の心にいつまでも残っていて。11歳で亡くなった女の子…

　最後まで息子を励ましてくれていた笑顔が　今でも鮮明に思い出されます。

　　たったひとつの命だから
　　生きたくても　生きることが出来なかった彼女の分まで

　　私たちは頑張って生き抜くこと。
　　たったひとつ、たったひとつなんです
　　命は　ひとつ　ひとつだけ

　　　　　　　　　　　　　　　　　　　　　佐賀市　たつやの母

　第2巻が出てしばらくたったある日、このメッセージを書かれた方と懇意の知人から「たつや君のお母さんに会ってみる？」と言われました。とっさに「会いたい」と答え、2008年の夏、ファミレスでお会いしました。

　たつや君のお母さんは、円筒ケースから1枚の画用紙を大切に取り出されました。何の絵が描かれているのだろうかと画用紙を広げてみると、そこにはひょろひょろとした文字が

ありました。

　たつやくんへ…から始まる、あの女の子の手紙でした。

　このメッセージはそれまで何度も朗読してきましたが、女の子からの手紙は便せんに書かれたものだとばかり思っていました。便せんにしっかりとした文字で書かれているものと想像していたのです。

　しかし、目にしたものはまったく違っていました。大きな画用紙に、水色のクレヨンで書かれていました。もっと濃い色、黒や青、緑でもオレンジでもクレヨンはあったでしょうに、女の子はあえて水色を選んだのだと、衝撃が走りました。そして、体調の悪さをそのまま表すかのような、弱々しい文字。いろんな人に描いた絵をプレゼントして回る元気な女の子が、たつや君だけに宛てた手紙は、心の声、そして心の色だったのでしょう。11歳で亡くなった女の子の心は、水色一色。しばし言葉が出ませんでした。

　たつや君のお母さまは、たつや君が高校を卒業した直後に、この手紙をやっと見せられたそうです。

　「まさか、あの時の女の子があの後亡くなっていたなんて、信じられない…」と、たつや君は言って、こう続けたそうです。「女の子の分まで、大切に生きなきゃね」

エピソード3　白紙の手紙

　第4巻に収められた中学3年生の女の子からのメッセージです。

白紙の手紙

　今日、私は中学校を卒業しました。

　卒業式には父が出席してくれました。私には、母がいません。私を産んですぐ亡くなったからです。

　今日の卒業式にあたり両親へ手紙をプレゼントすることになりました。友達は「めんどくさいなぁ〜」と言いながらもスラスラと書いていきます。私は、まったく書く気になれませんでした。

　提出期限が過ぎ、どうするか迷った私は白紙のまま封をして出しました。

　今日、式が始まる前にその手紙が父親の手に渡りました。私は式が始まると、父親がどういう気持ちで手紙を読んだのか気になり始めました。他のお母さんたちは、もらった手紙を読んで、きっと喜んでいるにちがいない。

　父は……

急に父がかわいそうになりました。たった１人で私を育ててくれた父。私が病気になると会社を早退して看病してくれました。学校行事に来れない父を私は恨んだりしたこともありました。

　「お母さんがいい。お母さんじゃなくて、お父さんが死ねばよかったのに」と言ったこともありました。

　朝早く起きて、晩御飯の用意までして仕事に行き、私が寂しくないようにと次々にぬいぐるみを買ってきてくれる父。

　お父さん、白紙でごめんね。

　言いたいことがあります。

　たったひとつの命を私に残していったお母さんの分まで私生きるからね。

　お父さん、もう少しがんばってね。

　私が大人になったら、お父さんに好きなことをさせてあげるから。

　本当はお父さんのこと、大スキだから。

　　たったひとつの命だから、

　　お母さんが見守ってくれる命だから、

　　精一杯生きてお父さんを安心させてあげたい

福岡県　中学３年　Ｋ・Ａ

◇◇◇◇◇◇◇◇◇◇◇◇◇◇◇◇◇◇◇◇◇◇◇◇◇◇◇◇◇◇◇◇◇◇◇◇◇

　このメッセージを書いたのは、実は私の亡き親友の娘です。

私と親友は、十代の時に同じ大学病院に通って友だちになりました。私は心臓に病があり、通院は苦痛でしたが、彼女に会えるのは楽しみでした。

　私は、24歳で結婚、まもなく妊娠しましたが、心臓病の薬を飲んでいました。「産んで普通の生活ができる可能性は50%」「命の保証もできない」と言われましたが、私に迷いはありませんでした。彼女も応援してくれて、絶対に大丈夫だよと言ってくれました。私は、陣痛の痛みもなく、いつ陣痛が始まったのかもわからない中、すんなりと長男を出産しました。とてもお産が軽い体質だと産科の先生から言われました。翌年、同じように次男も生まれてきてくれました。彼女は、とても喜んでくれました。

　そんな彼女は、自分の結婚にはとても悩みました。5年間お付き合いをしている男性がいましたが、子どもが産めない体だからと結婚には踏み切れずにいたのです。「子どもを授からず、夫婦2人だけの人生もいいじゃないか」と男性に言われて、28歳の時に結婚をしました。

　私が2人の子育てと仕事に追われている時、彼女からメールがきました。

　「私、妊娠したよ」と。

　ドキッとしました。諸手を挙げておめでとうを言いたかった。でも、言ってあげられませんでした。

　私は、彼女の病気がどういうものか知っていたからです。

親友を失いたくない思いのほうが強かったのです。返信に困っていると、次のメールが送られてきました。

「私、産むよ」「そして、私も生きるよ」「まわりはみんな大反対。でも、優子はわかってくれるよね」とありました。

そこまで覚悟を決めているのならば、私は彼女の拠りどころになろうと決意しました。彼女のご両親、お姉さん、ご主人は、赤ちゃんをあきらめようとギリギリまで説得されました。病院側からも危険だからあきらめるようにと言われたのですが、彼女はブレませんでした。

赤ちゃんが大きくなってくると心臓を圧迫し始めました。心臓をかばうように横になるしかありませんでした。かなり早い段階で入院をしてお産に備えました。

予定日より6週早く帝王切開はおこなわれました。

ただただ祈るしかありませんでした。親子の無事を。

彼女は、生まれてきた命を一度だけ抱っこしたそうです。ドクターたちに何度もお礼を言いながら、泣きながら抱っこしたそうです。約2キロの我が子の重みをしっかりと受け留めて、親友は安心して集中治療室へ移っていきました。

それから2週間で彼女は天に召されました。

その知らせを受けた時、私の心はズタズタに引き裂かれました。死なせてしまったという後悔が止まりませんでした。それは、彼女の死を悲しむ人たち全員が思っていたことでした。

しかし、そんな状況の中、元気に泣く赤ちゃんの声が響き

渡ります。何も知らずに元気に泣き、よく眠り、葬儀の途中に何度もウンチをして和ませてくれました。悲しみに暮れるだけではなく、小さな赤ちゃんに全員が笑顔になりました。

　それからは、父と娘、二人三脚の生活が始まりました。

　中学生になると、この娘は大反抗期を迎えます。少しも父親の言うことを聞きません。このメッセージにあるように、「お母さんじゃなくお父さんが死ねばよかったのに」と暴言を吐くほど娘は荒れていました。

　2006年にワンライフプロジェクトの活動を始めたことを、私は娘にメールで送っておきました。

　ある日、娘から電話がありました。「お母さんのことを教えてほしい」と。

　私は記憶にあるありったけの話をしました。学校は一度も同じだったことはないので、学生生活のことは何も話せなかったのですが、最高に優しい女性だったことを話しました。そして、貴女のお父さんとの結婚に悩んでいたことも、妊娠した時に周囲の大反対の中、貴女を産む選択をしたことも…。泣きながら聞いてくれました。

　そして、このメッセージが送られてきました。私は、お母さんのことが書かれているものと思いながら目を通しました。でも、そこにはお父さんへの想いが詰まっていたのです。産んでくれたお母さんよりも、育ててくれたお父さんへの想い

154

が強いことに、私は愛とはそういうものなんだなと思いました。

　親友の忘れ形見は、この卒業式から一気に成長をして、高校生になると、父親に再婚していいからねと言うようになりました。お母さんの分まで生きると書いたとおり、今、思い切り自分の人生を歩んでいます。

　母親そっくりの顔立ちになりました。そして、母親と同じ年齢で結婚をし、同じ年で子どもを産みました。

　たった１つの彼女の命が、２つの命になりました。

　あの時、産むことに賛成をしたために、29歳で逝ってしまった親友に対して申し訳なさを感じて生きてきましたが、私はこの娘のメッセージに救われました。この子を産んでくれた親友に心からありがとうを言いたいです。

あとがきにかえて
―メッセージのチカラ・朗読のチカラ―

　私は小学校5年生の時から、朗読の読み手としてワンライフプロジェクトに参加してきた大学生です。「朗読」から今も生きるチカラをもらっています。

　初めての朗読会は柳川市にある大きな会場でした。当時の私は、学校に行きたくなくて、朝が来ると毎日のようにベッドの上で泣いていました。泣きながら登校する日もありました。一人一人体調の点呼をしていく朝の健康観察の時間、「はい、元気です！」と答えるみんなの中で、「頭痛いです」と答える毎日。微熱を繰り返し、一日のほとんどを保健室で過ごしていた、そんなトンネルど真ん中の私に、メッセージを朗読するという大きな機会をいただいたのです。

　みんなの前で発表する時やピアノの発表会に出る時はいつも緊張するのに、「朗読」は読み始めると不思議に緊張が抜けていきました。そこには心の休み時間のような落ち着ける空間がありました。声に出して読むことで、メッセージたちの「私」の声を間近に感じて、いつのまにかたくさんのパワーをもらっていました。

　朗読会を重ねるごとに、小さくて弱かった私の心は強く大きくなり、小学6年生からは毎日元気にクラスで過ごすことができるようになりました。中学生になって1年間クラスメイトからいじめを受けましたが、それでも毎日休まず、保健室にも行かず乗り越えられたのは、朗読会を通してたくさんのメッセージたちが私

の心を支え続けてくれたからだと思っています。

　私にとって「朗読」は優しく手を差し伸べてくれたヒカリのような存在です。毎朝泣いていたあの時の私に「大丈夫、もう少し頑張れる」とそっと背中を押してくれました。今も朗読会という時間は、心の栄養をたくさんもらえる、安心して私のままでいられる特別な居場所になっています。会場いっぱいに優しく響くすすり泣く声、真剣な眼差し、朗読の声、音楽、照明で作り出されるこの空間は、毎回新たに感じるものや学ぶものがたくさんあって、心がぽーっと熱くなります。

　今回、5巻目にあたる新版が出来上がりました。私に命の温かさや言葉の力強さを教えてくれた大切なメッセージばかりです。この本を読んでくださったあなたの心にもオレンジ色の優しい温もりが届いたのではないでしょうか。それが人の愛の深さ、命の温もりだと思います。

　辛いとき、苦しいとき、命の温かさに触れてみたくなったときは、どうぞまたこの本を開いてみてください。あなたの今に大切なヒントをたくさん教えてくれるはずです。

　私も、この出逢いからもらったエールをここに綴りたいと思います。

　たった一つの命だから　大丈夫　強くなれる

2024年春

　　ワンライフプロジェクト　スタッフ

　久留米大学4年生　桑野光瑠

【ワンライフプロジェクト】紹介

2006年5月、福岡県筑後地方で主婦たちと高校生たちが中心となって発足。病気で利き腕を失った14歳の少女が年賀状に左手で書いた「たった一つの命だから」という言葉につなげるメッセージを募集する活動を続けている。久留米市のコミュニティラジオ、ドリームスFMで番組にコーナーができたことからメッセージ投稿が増え、小中高校などで朗読会が開催されるようになる。その後NHKラジオ第一放送「つながるラジオ」にレギュラーコーナーができ、全国に広がった。集まったメッセージは現在までに2万通を超える。2021年、一般社団法人ワンライフプロジェクト設立。

メッセージ集に『たったひとつの命だから』①〜④（地湧社刊）がある。

一般社団法人ワンライフプロジェクト
〒 833-0053　福岡県筑後市大字西牟田 3357-16
https://onelife-project.or.jp/

◇あなたなら「たった一つの命だから」にどんな言葉をつなげますか？
　ぜひ心に浮かんだ言葉をお送りください。

・メールで送る
　yukotoday@gmail.com

・ワンライフプロジェクトのブログへ投稿する
　https://ameblo.jp/onelife-project/

・郵送する
　〒 833-0053　福岡県筑後市大字西牟田 3357-16
　一般社団法人ワンライフプロジェクト　宛

＊お送りいただいたメッセージは、一般社団法人ワンライフプロジェクトが責任をもってお預かりいたします。同プロジェクトのHPやブログでの紹介、朗読会における朗読、および今後出版される書籍に収録をさせていただく場合がありますことを、あらかじめご了承ください。公表を望まれない場合は、その旨をお書き添えください。

［新版］たった一つの命だから

2024 年 5 月 20 日　初版発行

編　　者　　ワンライフプロジェクト　　© One Life Project 2024
発 行 者　　植松明子
発 行 所　　株式会社 地湧社
　　　　　　東京都台東区谷中 7-5-16-11　（〒 110-0001）
　　　　　　電話番号 03-5842-1262　　fax 番号 03-5842-1263
　　　　　　http://www.jiyusha.co.jp/
デザイン　　高岡喜久
イラスト　　ねもとなおこ
印　　刷　　モリモト印刷

ISBN978-4-88503-266-0　C0095

たったひとつの命だから①〜④

ワンライフプロジェクト編　四六判変型上製

ひとりの少女が書いた言葉「たったひとつの命だから」。このあとにあなたなら何とつなげますか？　この呼びかけに応じて寄せられたメッセージ集。人々の心を揺さぶりながら、次々と新たなメッセージを生み続けている。

お父さん、気づいたね！　声を失くしたダウン症の息子から教わったこと

田中伸一著　四六判並製

ダウン症に生まれ、気道がふさがって声が出せなくなった息子。命の危機を乗り越え、障がいと共にあるがままに生きる息子が父に教えてくれたことは「幸せを感じる力」。どんな出来事も体験もすべては幸せにつながる。

光の航跡　本当の自分と出会いにゆく物語

藤沢優月著　四六判並製

それは洋上の巨大コンテナ船「オルフェウス」に取材で乗船したことから始まった。海を越えて舞台はフィリピンの商船大学へ。そこで学ぶ青年たちをめぐるドラマを軸に、「本当の自分」を生きることの葛藤と希望を描く。

半ケツとゴミ拾い

荒川祐二著　四六判並製

夢も希望も自信もない20歳の著者が「自分を変えたい」一心で、毎朝6時から新宿駅東口の掃除を始めた。あるホームレスとの出会いから人生が変わりだし、やがて生きる価値を手に入れる、笑いと涙の成長物語。

びんぼう神様さま

高草洋子画・文　四六判変型上製

松吉の家にびんぼう神が住みつき、家はみるみる貧しくなっていく。ところが松吉は嘆くどころか、神棚を作りびんぼう神を拝みはじめた——。現代に欠けている大切な問いとその答えが詰まった物語。

シベリアのバイオリン　コムソモリスク第二収容所の奇跡

窪田由佳子著　四六判上製

極寒のシベリアの収容所でこっそり廃材を集めてバイオリンを手作りした父の実話をもとにした胸ふるえる物語。過酷な生活の中で楽団と劇団が生まれ、捕虜たちに希望が芽生えていく。そして訪れた奇跡とは？